〔狂魔回歸〕

광마
회귀

05

글
JP

그림
이히

원작
유진성

위즈덤하우스

차례

13장

웹툰 56~60화 수록

군평아,
더 빨리.

둘 다
제법이네.

으쌕!

히익!

짜
아

악

히
이
이
익
!

홍 사매,
화장실 급한 거냐?
꽤 빠르구나.

·····.

홍 사매, 네가
가장 빠르다.

지금 속도
유지해.

그렇게 달리면
다른 놈들이
못 쫓아온다.

예.

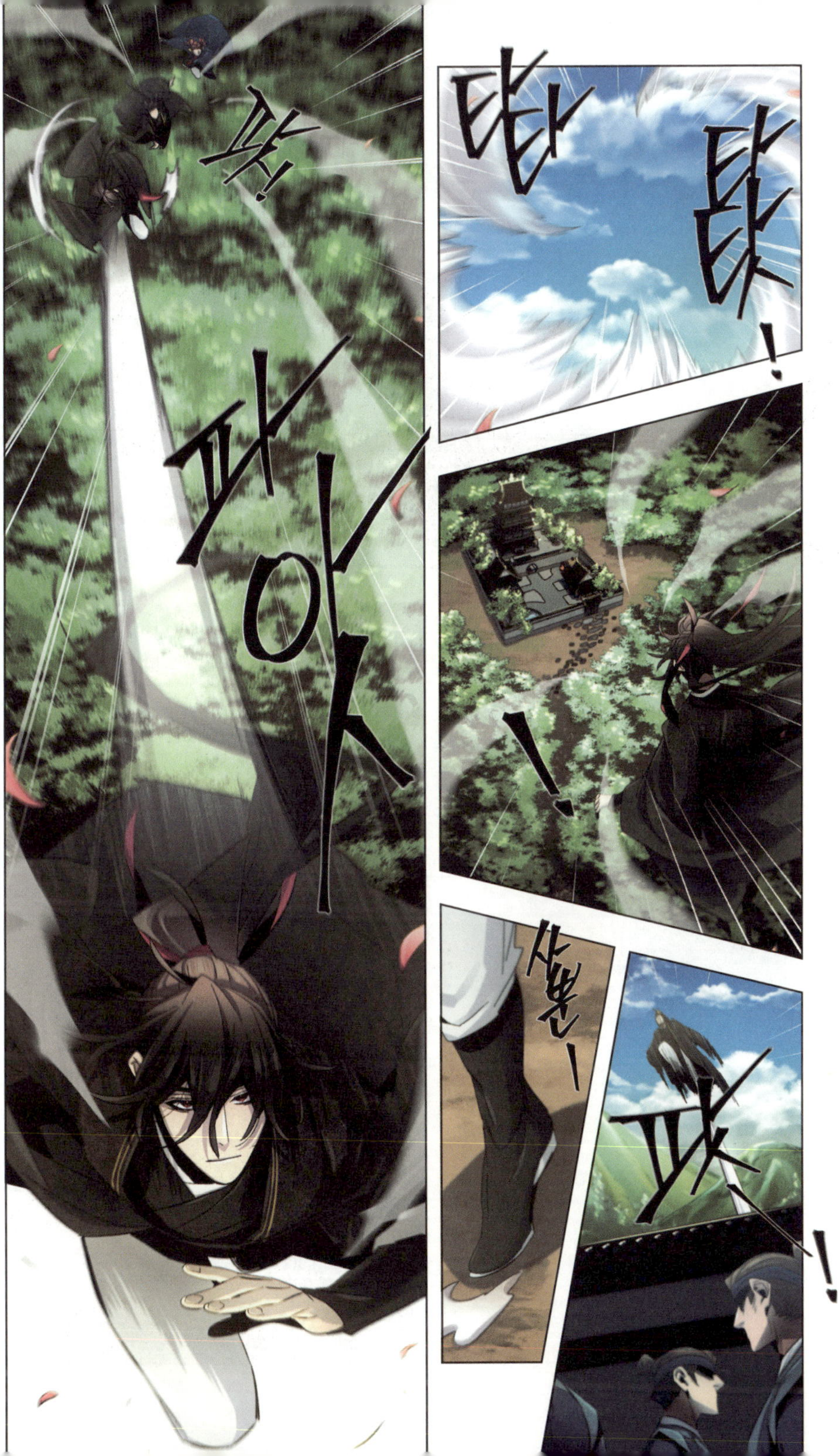
팟!
파앗—
타탓!
—!
사뿐—
팟—!

어?

쳐!

팟

적이다!

잡아!

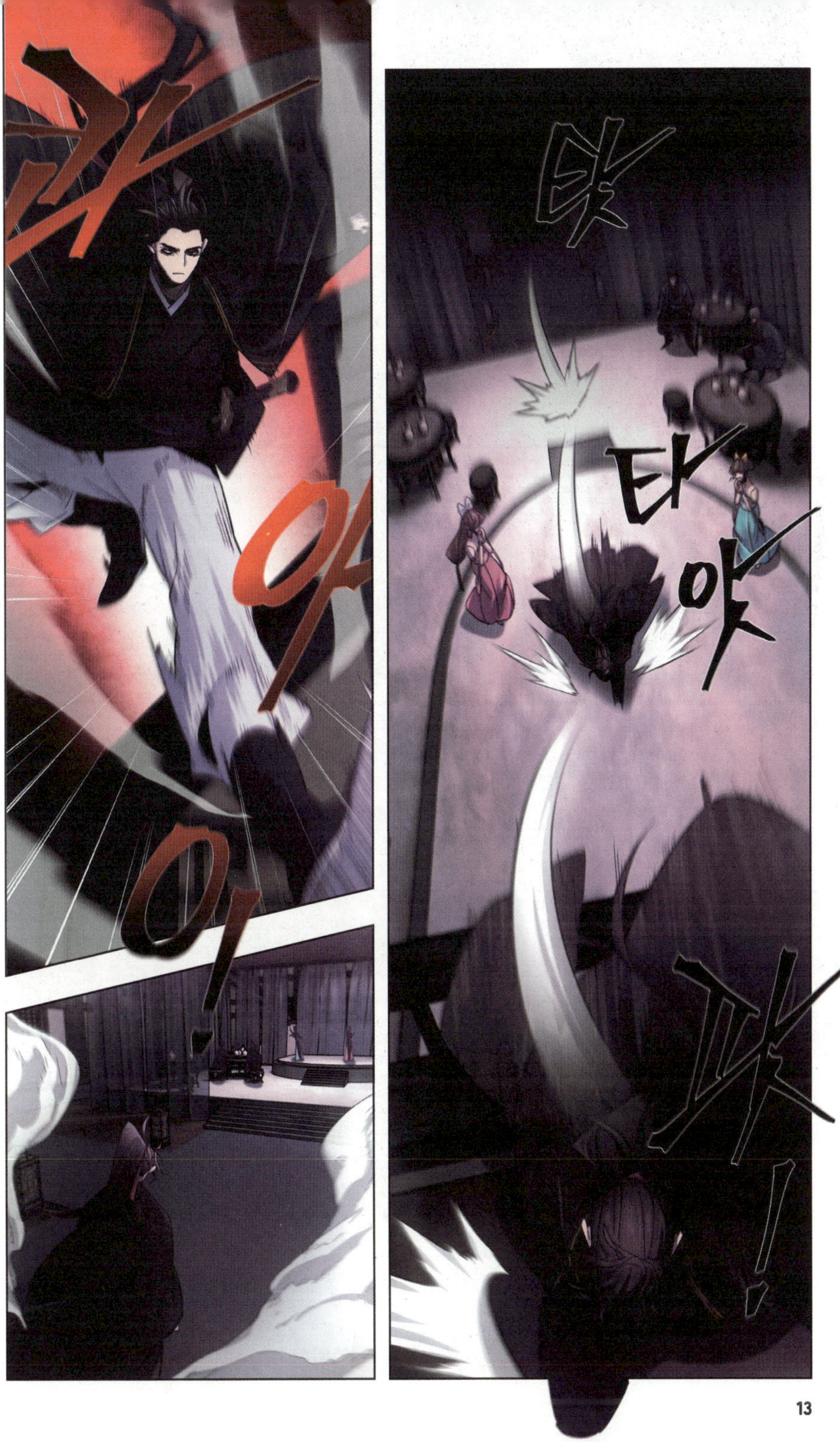

콰아아!
탓
타앗
팟!

14

누구냐?!

나다.

달밤의
망나니.

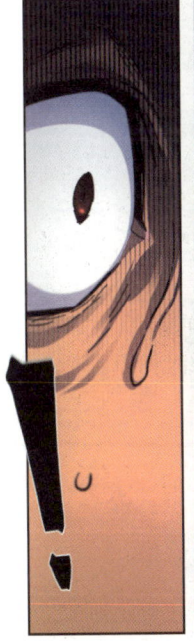

수선생,
간밤에 잠은
잘 잤고?

......

너...!

그래, 나다.

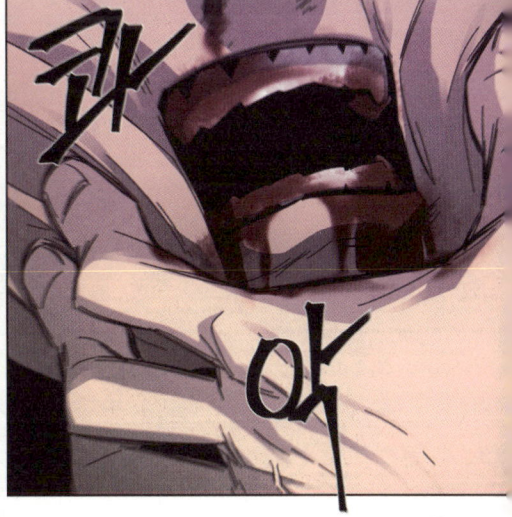

네가 이렇게
생겼구나?

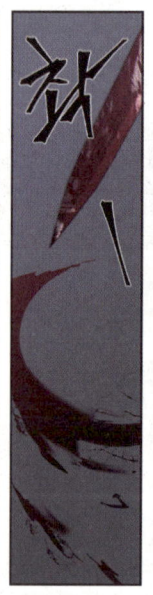

?

개? 에라이…
삶의 마지막 말을
그런 욕으로
끝내야겠냐?

이 한심한
ㅅ꺄.

뭐라고?
잘 안 들려.

개…

그리고
너는 왜 항복하러
안 왔어?

살 기회가
다시는 없을 거라고
내가 말을 했냐,
안 했냐.

남의 말도 좀
믿고 살아라.

매번
네 말만 옳다고
하지 말고.

대낮부터 이게
뭐 하는 짓이야,
수선생?

······.

뭐야,
죽었네?

나 지금 누구랑
얘기하나,
시체랑 얘기했네.

살려…

어, 그래.
살려줘야지.

방주님!

왔냐?

벌써
끝난 거야?!

끝났나?

그래.

내려가서 정리해.
수선생 죽었다고
전하고.

무릎 꿇는 놈들은
죽이지 말고,

계속
덤비는 놈들은
모두 죽여.

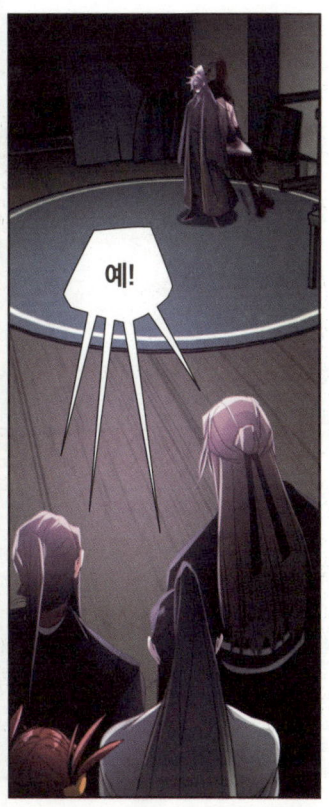

예!

크아악!

커헉!

컥!

운우회 놈들은
들어라.

간밤에 잠도 자고,
아침밥도
든든하게 먹고,

낮술도 마시면서
기다렸는데

수선생이
항복하지 않아서
직접 죽이러 왔다.

정신 못 차리고 덤비는 놈들은 덤벼라. 너희 선생 곁으로 보내줄 테니까.

그리고 싶지 않은 녀석들은 내 수하들의 지시에 협조하고.

이상.

…….

좋아, 우리도 이제부터 **운우회**다.

예?!

갑자기 왜…?

복장부터 갈아입어.

죽은 놈들 옷 벗겨서 입고, 부족하면 부상이 심한 놈들 옷도 벗기고.

안에 가서 꺼내와 입든가.

자, 모두 환복!

야, 너는 입지 마.

왜?

넌 너무 눈에 띄잖아, ㅅㄲ야.

옷만 바꾼다고 되겠냐?

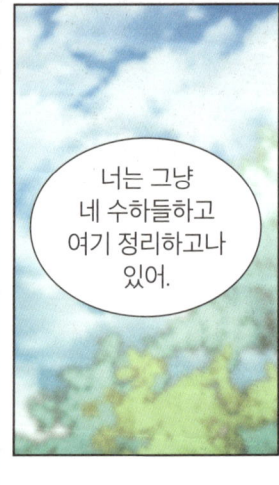

너는 그냥 네 수하들하고 여기 정리하고나 있어.

군평아,
이독제독(以毒制毒)
이다.

준비해.

알겠습니다.

홍 사매.

예,
대사형.

29

여자 마음은
여자가 알지?

저 미친 독고생이
아무나 다 죽일 수
있으니까.

너도 남아서
이곳에 잡혀 온
사람들을
보살펴라.

여기서
고생하던 여인들은
일양현으로
보내거나

풀어줄
생각이니
네가 잘 살펴봐.

뭐,
그렇죠?

예,
그럴게요.

이 밥만 축내는
성태 같은 놈들….

성태 같은 놈이
뭐지?

뭔진 모르지만
심한 욕인 것
같은데….

운우회에 몸담았다는
이유만으로
다 죽여야 하는데,

내가 또
오락가락하는 놈이라서
너희에게 한 줄기
빛이 되어주마.

싫은 놈은
손을 들든가,
여기서 혀 깨물고
죽어.

안 말린다.

…….

있어, 없어?
ㅅ끼들이
대답을 안 해.

지금부터 대답을
제대로 안 하는 놈은
본보기로
수선생에게….

없습니다.

이제껏
불쌍한 여인네들
이곳에
잡아 와서

옷 벗기고,
공연 구경하다가
다른 데 팔아넘기던
ㅂ신들이 너희다.

맞아,
아니야?

그래.
이제 너희와
내가 힘을 합쳐서
이룡노군을
죽일 거다.

…맞습니다.

갑자기
짜증나네.

그냥,
이 ㄱ새끼들
다 죽이고 내가
지옥에 가?

대사형,
참으세요.

말리지 마,
내가 이 ㅅ끼들
싹 다 죽이고
초열지옥에 가련다.

칼받이 역할을
맡긴 다음에
처리하셔도
됩니다.

이런 놈들이
너무 많습니다.

그래도
수선생이 죽었으니
다르게 살아갈 길을
열어주시지요.

저희처럼
말입니다.

…….

뭐, 초열지옥이
좋은 곳은 아니지.

그렇습니다.

대사형, 이놈들은
앞으로 제가
잘 감독하겠습니다.

그래, 네가
잘 책임져.

감사합니다.
대사형, 계속
말씀하시지요.

내가
어디까지
했지?

이놈들
ㅂ신이라
하셨습니다.

그전에는
성태 같은 놈들이라고
하셨고요.

아, 그랬지.

너희가 할 일은
연기다.

너희가
수선생이
죽었다는 것을
알리고,

우리는
패잔병으로
변장해

이룡노군이
변태처럼 꾸며놓은
산장에 무혈입성하는
것이 목표다.

......

...?

근데
이 ㅅㄲ들은
대답을 왜…

내 말
알아들었나?

대사형,
제가 작전을
이해했으니

구체적인 것은
제가
지시하겠습니다.

좋았어.

군평아.

예, 방주님.

여기까지 뛰어오느라 고생이 많으셨던

우리 훌륭한 흑묘방의 수하분들에게는 휴식을 권해라.

뛰어오시느라 고생 많으셨으니까. 쉬어야지.

예.

그놈들까지 따라오면 싸울 때 우리가 더 약해진다.

이런 씨….

병력이 늘어날수록 우리가 약해진다니

이게 무슨 개 같은 경우야?

......

방주님, 갈아입으세요.

저벅

저벅

좀 깨끗한 거로
가져와라.

내가 어딜 봐서
가슴에 부상이 있냐,
멀쩡한데.

정신 좀 차려,
이 ㅆ새끼야.

왜 욕을 하고
그러세요,
챙겨주러 온 건데.

뭐야?

저 ㅅㄲ
흑선보에서도
눈치 더럽게 없었던
그놈이었지.

용케 살아남는다,
용케 살아남아….

짜ㅡ

대사형,
준비됐습니다.

방주님,
가시죠.

가자.

꾹여ㅡ

연기가 대단한데?

약속된 행동입니다.

그리고 실제로 칼에 맞은 놈입니다.

크륵….

대단한 열연이네.

허억

허억

탕…

탕…

탕…

끼익─

아니… 운우회 사람이 아닌가?

무슨 일인가?

지금 흑묘방과…
전면전이 벌어지고
있습니다.

노군 선배님에게
원군을 요청하기
위해 왔습니다.

어서
들어오시게.

자, 잠깐….

?

물… 물 좀
주십시오.

크…
대사 좋고.

운우회가
당하고 있다는
소식이
들어갔으면

응당 산장이
시끄러워야 할 텐데
너무 조용하다.

걸린
모양이네.

그렇다면 이대로 들어가서 승부를 마무리 하시지요.

아니다.

내가 노강호를 너무 얕본 것 같다.

너희는 대기해.

방주님?

대사형.

저벅

저벅...

어서 오게.

우리 휴전은
벌써 끝이 났나?

다 정리하셨고?

보다시피
다 정리했지.

아까 문을 열어준
노복 한 명만 남겼는데
방금 뒷문으로
내보냈네.

무공을 모르는
노복이니 굳이
따라가서 죽일 필요는
없을 거야.

수하들은?

갈 곳이
있는 놈들은
보내고

갈 곳이
없는 놈들은 돈을
좀 쥐여 주고.

어제와 오늘
다 작별했지.

눈치가
빠르네?

내가
그렇긴 하지.

앉게나.

앉으라고 하면
앉지 않는 게 나다.

차 한잔 마실
여유도 없나?

나는 본래
여유가 없는
사람이거든.

의심이
많군.

알아보니
대나찰을 일대일로
죽였더구나.

나는 너 같은
놈을 강호에서
많이 봤다.

네 행동,
네 말투.

보자마자
네 깊이를 알아차리고
네 성격을 파악했지.

......

어차피
너와 나의 싸움
아니더냐.

굳이 수하들의
피를 볼 필요는 없으니
홀로 기다리고
있었다.

네가 대나찰과
친하게 지낸···

딱화!

깜짝 놀랐잖아,
ㄱ새끼야.

......

아까의 함정도 그렇고,

병력을 전부 데리고 입성했으면 절반 이상이 이곳에서 죽었겠군.

이게 딱 적당하군. 이제 겨뤄보세.

미친 새끼.

네가 왜 대나찰보다 명성이 없었는지 이제 알았다.

......

사십 년 동안 여기서
사람들을 구덩이에
빠뜨렸으니 너에 대해
아는 사람이 없었던
것이겠지.

네가 죽인
시체들 위에서
밥을 먹고, 차를 마시고,
잠을 잤나 보군.

이제야
네 얼굴이 왜 그렇게
창백한 것인지
이해했다.

강호가 그렇게
무섭더냐?

쓸데없는
말을 하는군.

나는
너 같은 놈들을
많이 봤다.

함정을 파놓고,
그 함정 근처에서
벗어나지 못하는
소인배들.

맹수처럼 직접
사냥에 나서는
것도 아니고,

천하를
돌아다니면서
강자들과 겨루는
것도 아니고.

평생을 이렇게
썩어 가면서
수하들을 파묻고,
친구도 파묻고,

심기를
거스른 놈들도
파묻었겠지.

출구가 없어졌다.

흥미로운 늙은이군. 진법도 배웠나?

너 설마 옛 **귀곡자**(鬼谷子)를 따라 하는 것이냐?

젊은 놈이 귀곡 선생을 어찌 아느냐?

내가 외모가 젊긴 한데, 외모보단 나이가 많아.

하늘이 내린
동안(童顔).

너무 개소리
같아서 입 밖으로
내뱉진 못하겠고.

귀곡자는
은둔한
기인이사이며

일부 강호인에겐
기관진식과
진법의 시조다.

실제 그의 별호도
자신이 은거한
귀곡산장(鬼谷山莊)에서
따온 말이지.

금구소요공을
창시한 기성자
(記性子)가

가장
싫어하는 부류가
바로 귀곡자다.

이봐, 귀곡자의
아주 먼 후인쯤 되는
쓰레기 같은 늙은이.

안타깝게도
내 정신적인
스승 중에는

너희처럼
음흉한 마음으로
은거하는 자들을
가장 싫어하는 분이
계시다.

그런 자가 있나?

기성자라는 분이신데 들어봤는지 모르겠군.

무식한 늙은이 ㅅㄲ.

금시초문이로군.

그분이 너희 같은 놈들을 만나면 사용하라고 만드신 무공을 내가 익혔다.

교토삼굴(狡兔三窟)은 가차 없이 **삼매진화**(三昧眞火)로 대처하라.

하필 걸려도 나 같은 놈에게 걸렸을까, 신기하네.

영리한 토끼는 세 개의 굴을 파놓는 법.

기성자께서는
이 세 개의 굴을
모조리 불태우라고
하셨다.

그래서
만들어 놓은 무공이
염계(炎鷄).

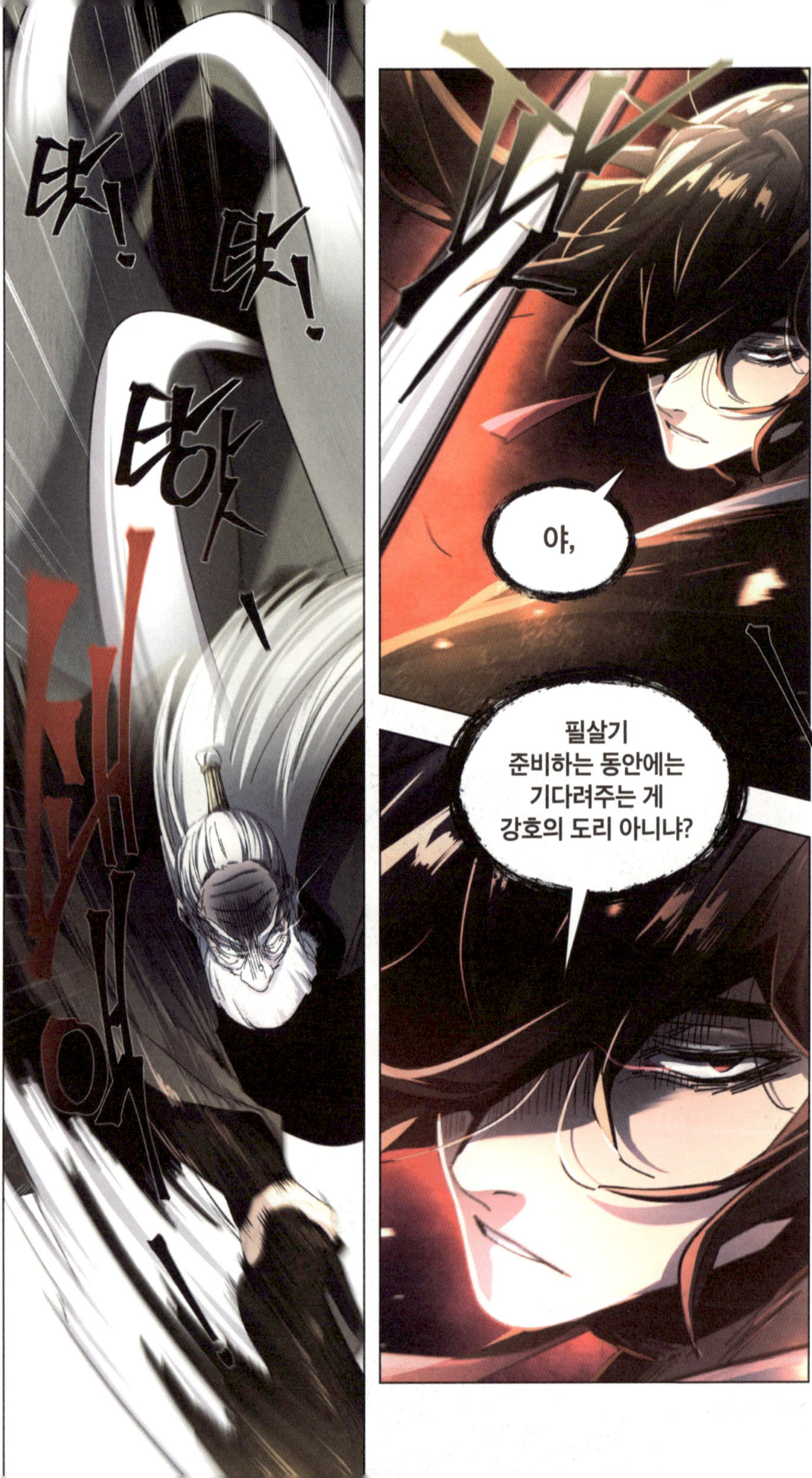
탓!
탓!
타앗
야,
필살기 준비하는 동안에는 기다려주는 게 강호의 도리 아니냐?

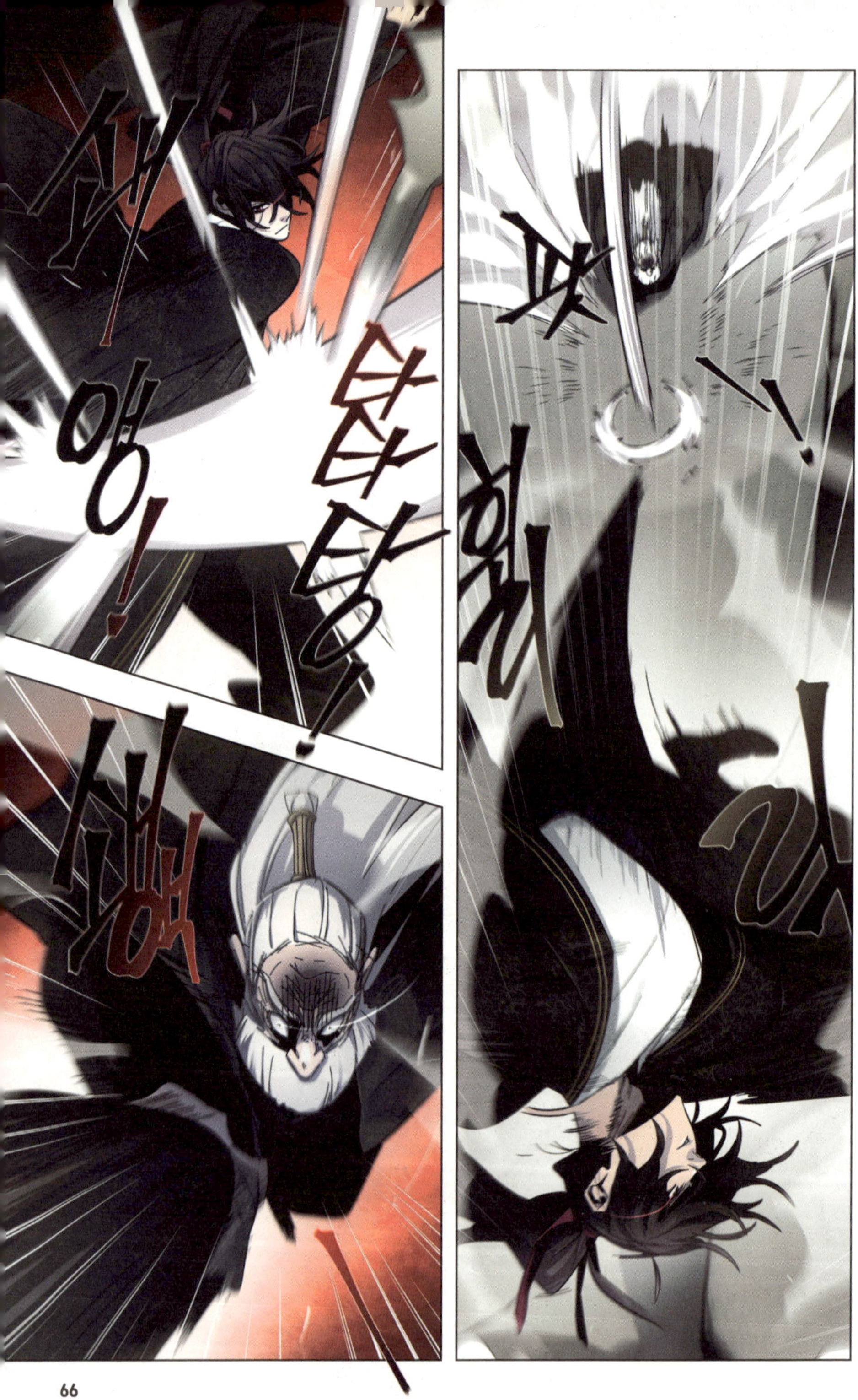
팟!

이런,
장삼이…

불쌍한
장삼아….

다음 생에는
좋은 주인 만나서

여자 만나러
갈 때 입는 옷으로
태어나라.

뭐지?!
놈의 분위기가
갑자기 변했다!

넌 뒤졌다,
장삼의 복수를
해주마.

갑자기 무슨
헛소리를….

……

넌 좀 이따가
뒤졌다.

?

좀 이따…?

당장 죽일 듯이
달려들 것
같더니….

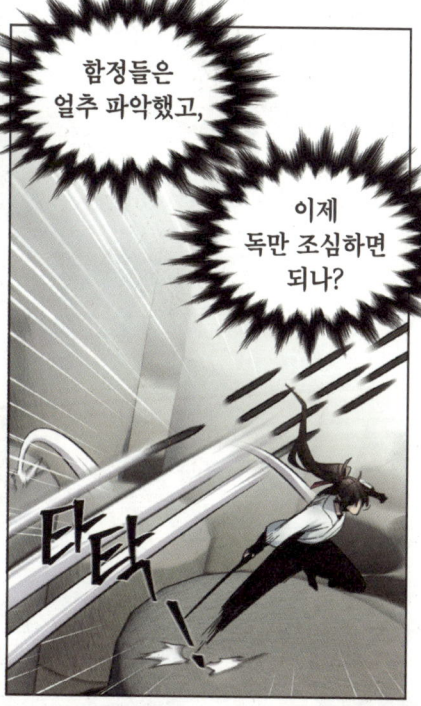

함정들은 얼추 파악했고,

이제 독만 조심하면 되나?

이노옴!

힘을 감추고
있었던 건가?

......

건방진 놈.

독무를 어떻게
저렇게 간단히….

끝이야?
더 없어?

오냐,
이리 넘어와라.

그건 싫은데.

내가 파악한 바로는
여기가 가장 안전한
생문이거든.

뭐?

제정신이
아닌 것 같았는데
모두 파악했다는
말인가?!

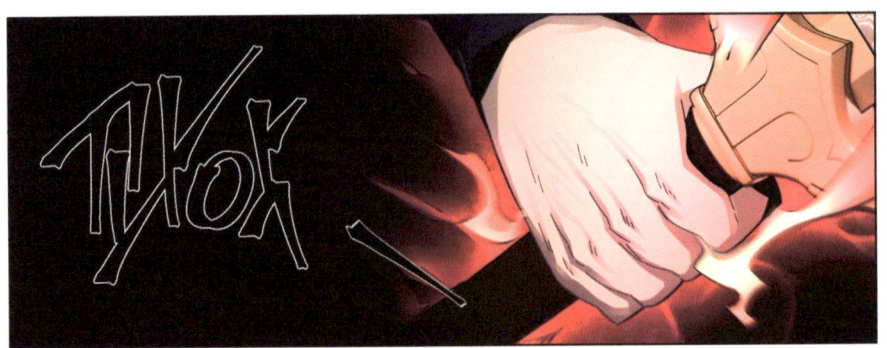

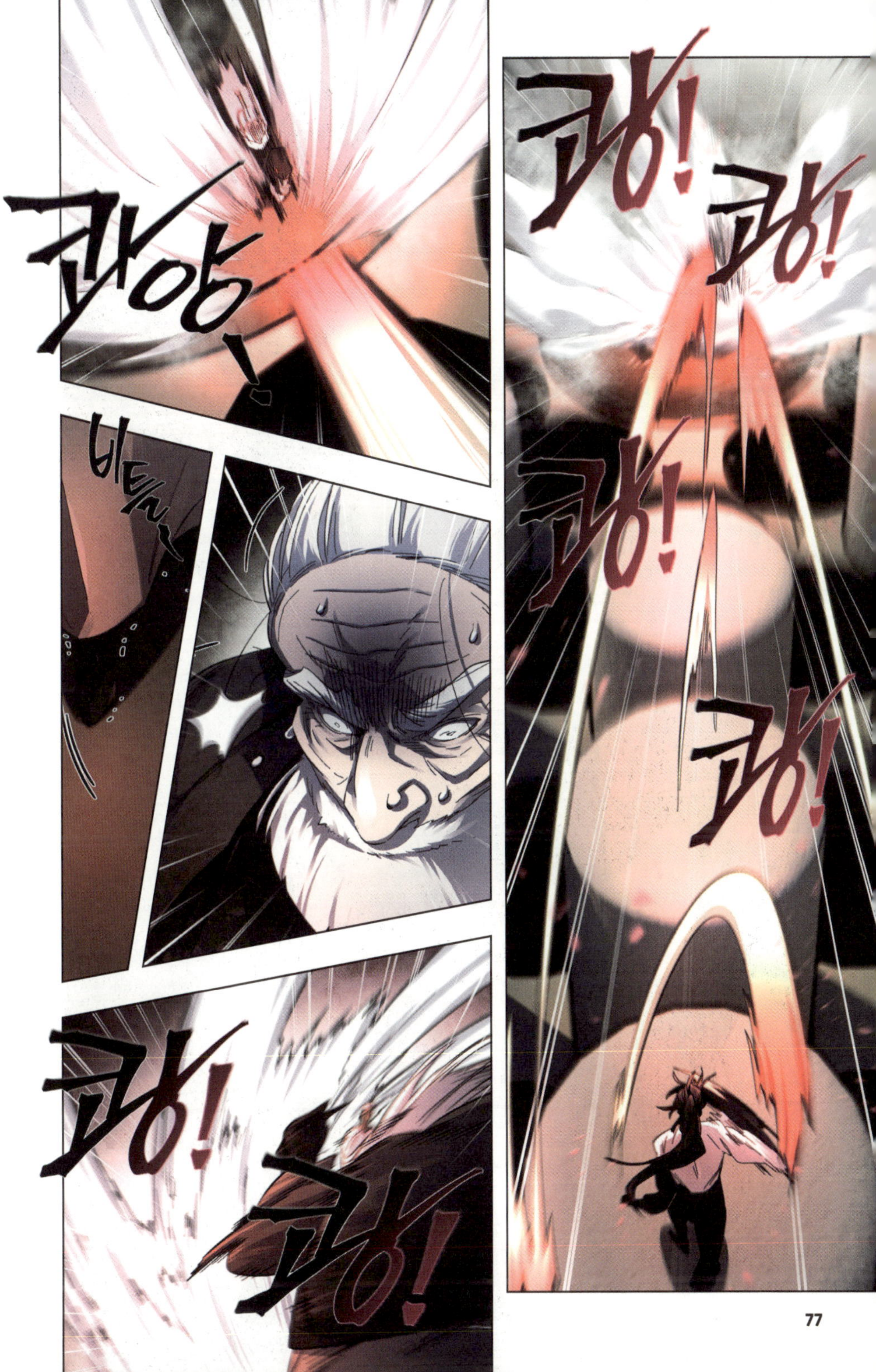

콰앙!

콰앙!

콰앙!

비틀

콰앙!

콰앙!

콰앙!

콰앙!

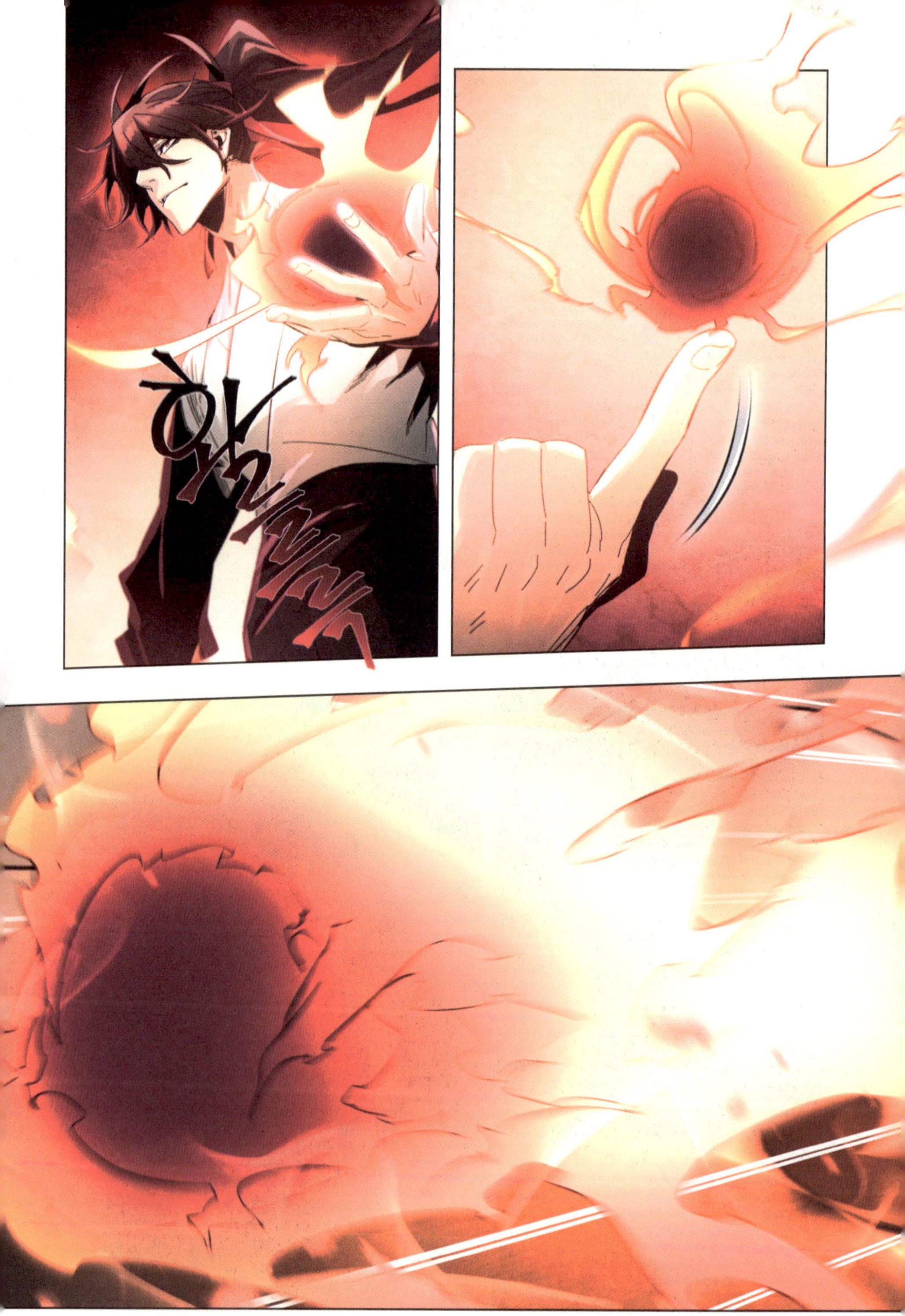

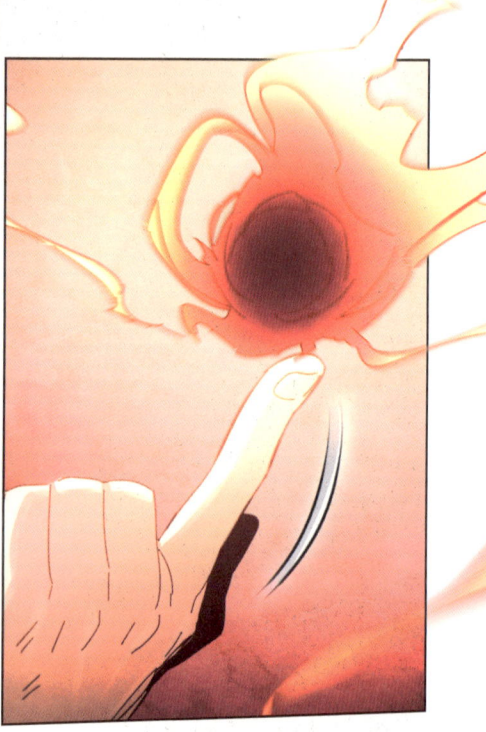

타올라라….

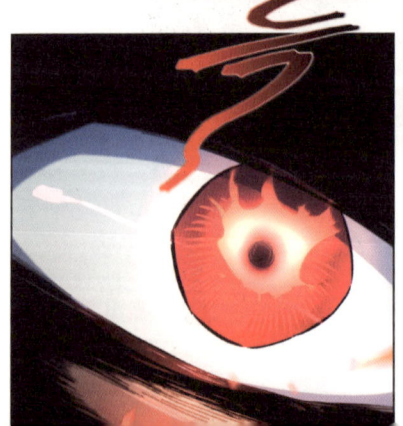

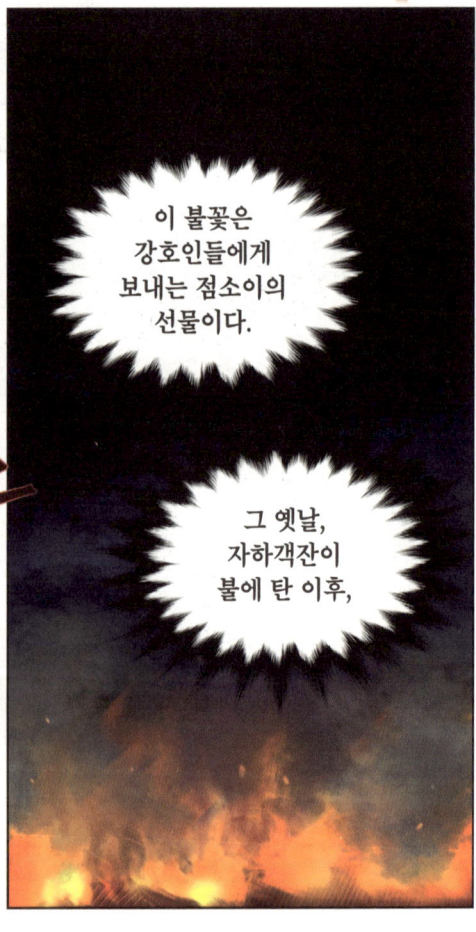

이 불꽃은
강호인들에게
보내는 점소이의
선물이다.

그 옛날,
자하객잔이
불에 탄 이후,

평범한
점소이를 강호로
끌어들인 벌을

공평하게
이룡노군에게도
내렸을 뿐.

대사형.

내게 사제가
있었던가?

방주님!

내가
방주였었나?

난 일양현의
점소이,

무덤지기,
낫질의 달인,

비무도박의
패배자,

삼류 강호인,
주화입마,

절강의
물고기···

방주님!
군평입니다!

삼백갑자
소군평?

대기하라니까
왜 들어왔어?

불이 났으니
들어왔지요!

뭐 하세요!
건너오세요!

대사형이 불을 지르셨습니까?

응.

그래, 가자.

…나가시죠.

왜 웃습니까?!

남의 집에 불을 질렀는데 그럼 울겠냐.

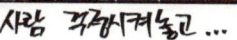

사람 꺾이시켜놓고 …

으하하하!

이러다가 주화입마가 오는 거구나.

이 느낌이 뭔지 알겠네요.

조심해라, 군평아.

주화입마만큼 무서운 게 없다.

대사형,
이룡노군은 어떻게
됐습니까?

산장보다 먼저
불에 타 죽었다.

좋습니다,
좋아요.

좋구나.

먼저 들어갔던 연기자는?

여기 있습니다.

개 연기 같이던데...

뒷문으로 산장의 노복과 먼저 빠져나왔습니다.

노복이 안에서 이제 큰 싸움이 벌어질 테니 나가 있자고 했다네요.

다행이군. 훌륭한 연기자가 죽을 뻔했어.

예.

안에 기관장치가 잔뜩 있었다.

......

방주님, 그게 끝입니까?

응.

대나찰보다 특별히 뛰어나진 않았다.

휭가

...예.

대나찰, 수선생, 이룡노군이 다 내게 죽었지만, 그중에서 대나찰이 가장 사내다웠다.

그렇군요, 그럼 됐습니다.

꺼떡

운우회는 이제 없어졌다. 떠날 놈들은 떠나라, 막지 않아.

남아 있을 놈들은 이제 하오문에 속한다.

흑묘방, 흑선보, 운우회도 죄다 하오문이다.

하오문이 대체 뭡니까?

너 같은 병사 떨거지들 가득한 곳이지.

수선생 같은 놈들
죽이면서 강호 전체로
퍼져나갈
허접한 문파다.

……

그렇다면
하오문의 문주님은
누군가요?

나다.

흑묘방주님
아니셨어요?

그것도 나다.

……

세력이 갑자기
헛바람 들어간 것처럼
커졌는데
별 의미는 없다.

세부적인 정리는
간부들과 사제들이
상의해서 정리해.

세밀하게 조직을
운영하는 재주는
내게 없으니까.

예.

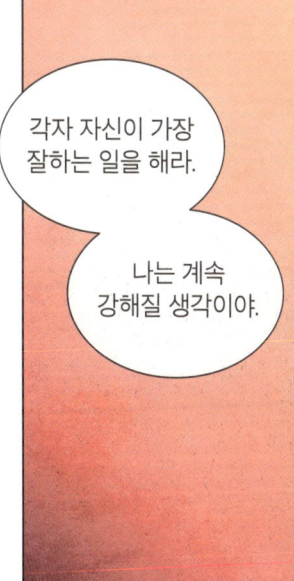

각자 자신이 가장
잘하는 일을 해라.

나는 계속
강해질 생각이야.

결국에는
강해지는 것이
문주의 가장 큰
역할일 테니까.

운우회는 임시로 저와 사제들이 남겠습니다.

어떤 놈들이 손님으로 오는지도 대충 알고 있습니다.

죽일 놈은 죽이고, 살릴 놈은 돌려보내겠습니다.

좋아, 수고들 해라.

나는 먼저 복귀하겠다.

예.

잘 있었나?

예.

차성태가
괴롭히진 않았고?

…예.

다녀오신
일은 어떻게
되셨습니까?

무슨 일?

수선생을 치러
가셨잖아요.

아, 수선생은
칼에 맞아 죽었고
이룡노군은
불에 타서 죽었다.

대나찰에게
적수도 보내주고
친구도 보내줬으니
저승에서 심심하진
않을 거야.

그리고 보니
유사청 때문에
죽었네.

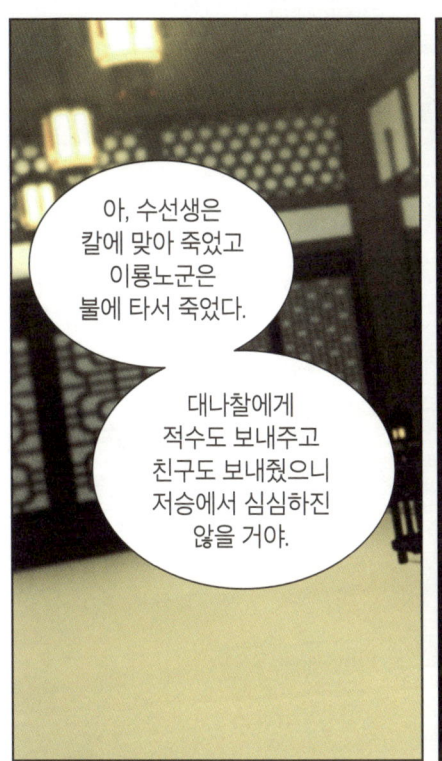

유사청,
네가 공이 크다.

아, 예…………

14장

엘튼 61~65화 수록

호연검가
(呼延劍家)
출신에

본명이
호연청이라고?

그렇습니다.

예.

내가
수배 중인
놈이다.

어떻게든
찾아내겠습니다.

모르는구나.

방주님, 살려주십시오!

어떻게든 찾아보겠습니다.

독이라도 있으면 하나 주십시오, 해독제를 받으러 오겠습니다.

오늘은 이미 사람을 많이 죽였다.

내 평범한 하루가 사람 죽이는 거로 시작해서 사람 죽이는 걸로 끝이 나면 안 되겠지.

가, 감사합니다.

이런 관계도 있어야지.

사람 일이라는 게 억지로 한다고 전부 해결되는 것도 아니고.

105

성태야,
뒤에 가서
술 좀 가져와라.

잔은 세 개.

예.

호연청,
잘 들어라.

예.

나는 네가 유사청인지 호연청인지 아직 관심 없다.

네가 정말 호연검가의 무인인지

아니면 강호에서 음모를 꾀하는 다른 세력의 무인인지 그것도 관심 없고.

너는 그냥 재수 없게 내게 걸린 포로야.

너는 앞으로 내가 시키면 시키는 대로 한다, 알았어?

알겠습니다.

우리 동네
생사결 방식이다.

이제부터
대화가 안 통하면
이걸로 서로
찔러 죽이는 거로
하자.

......

갑자기
왜 또 저래...

지금부터
백팔 일의
시간을 줄게.

호연청은
네가 알고 있는

검법, 보법, 내공, 심법,
그 외 모든 무공을
차성태에게
전수하도록.

?!

문주님,

백팔 일 동안에
저놈의 무공을
어떻게 전부
배웁니까.

성태야.

예?

죽고 싶으냐?
생사결이라고
했을 텐데.

아….

아?

아닙니다.

이곳은 흑묘방이니까 두 사람은 **묘시**※가 시작될 때 기상한다.

※묘시(卯時) : 오전 5시.

아침을 먹고 수련, 점심을 먹고 수련,

저녁을 먹고 휴식.

휴식에는 자유 시간이 주어지나

외출, 탈출, 도주 시에는 생사결을 적용해서 내가 직접 죽여주마.

111

마음에 안 들면
지금 섬광비수를
뽑아서
나를 찔러라.

…….

아니, 시벌
찔러지도
않을 거면서...

넌 내게
내공을
빼앗겼으니

휴식 시간에는
내공을 회복하는
시간을 가지거나

그대로
휴식하거나
네 마음이다.

하지만
다시 말하지만
백팔 일이다.

길다면 길고,
짧다면 짧지.

모든 것을
터득하라는
얘기는 아니다.

다만, 지금보다
백팔 일 이후에는
백팔 일만큼 차성태가
강해져야 하겠지.

백팔 일만큼
강해진다는 것을
어떻게 가늠해요?

마음에 들지 않으면
비수를 뽑아서
나를 찔러라.

그냥
질문이었습니다,
문주님.

ㅅ벌
무슨 말만 하면
찌르라네….

백팔 일이면
검법 하나
전수하는 데도
벅찹니다.

내 알 바
아니다.

**차성태가 밥만
축내는 놈**이긴 하나,
바보는 아니야.

ㅅ벌,
칭찬이야
욕이야.

검법을 가르쳐주든
다른 것을 가르치든
전적으로
네게 달렸다.

네가
알아서 해.

저희 호연검가는…

너희 가문이 어떤지 관심 없다.

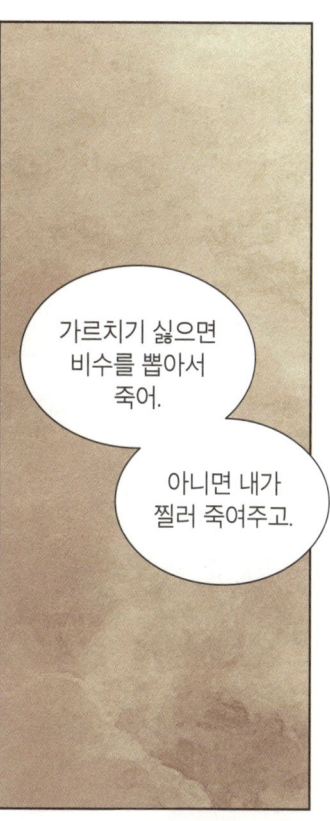

가르치기 싫으면 비수를 뽑아서 죽어.

아니면 내가 찔러 죽여주고.

……

성태, 너도 배우기 싫으면 이 자리에서 그냥 죽어.

밥 축내지 말고.

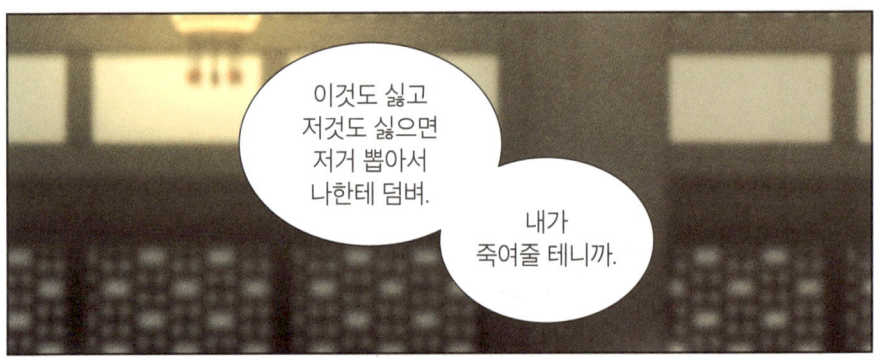

이것도 싫고
저것도 싫으면
저거 뽑아서
나한테 덤벼.

내가
죽여줄 테니까.

음….

저는
좋습니다.

전부…
가르치겠습니다.

이제야 말이
좀 통하는군.

이걸
왜 줘요?

......

예!

최대한 살짝...

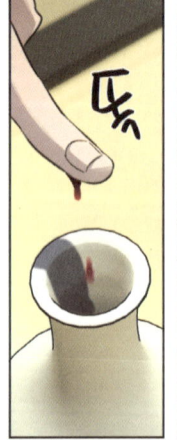

뚝

맹약에 따라 백팔 일 동안, 사부 호연청은

제자 차성태에게 성심, 성의, 혼과 노력을 다해 무공을 가르칠 것이며

이 술에 목숨을 걸고 생사결을 치른 사내 셋의 피가 담겼다.

제자 차성태는 백팔 일 동안, 사부 호연청의 가르침을

열과 성의를 다해 배울 것이다.

나, **이자하**는 맹약의 주체자로서

두 사람이 생사결로 약조한 사내의 의무를 가볍게 여기거나 불성실한 태도를 보일 경우,

섬광비수로 두 사람의 남은 삶을 끝장내겠다고

……

두 사람은 맹약을 지킬 것을 맹세하는가?

천지신명께 맹세한다.

맹세합니다.

저도
맹세합니다.

마시자.

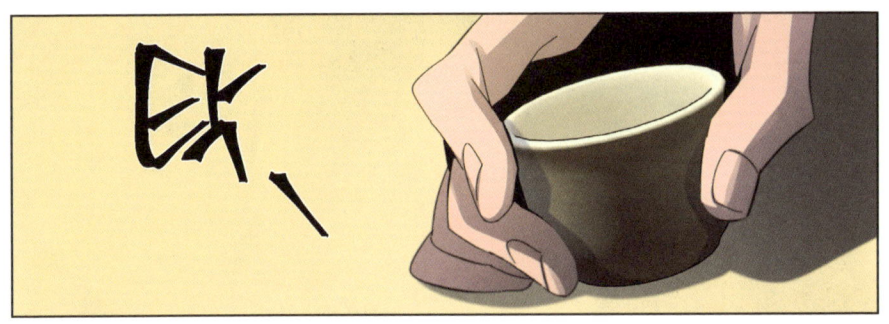

지금 밥할 사람이 없는데요.

좋았어.

내일부터 혹독한 수련이 시작될 테니 오늘은 최후의 만찬을 함께 해보자고.

뭐?

시비들도 일양현으로 떠났고,

대부분의 수하는 아직 운우회에 있습니다.

수선생도 죽이고 이룡노군도 죽였으나,

당장 저녁을 어떻게 해결해야 할지가 난제로구나, 난제야.

벅
적

대사형,
만두 좀 드세요.

오다가
사 왔어요.

?!

뭘 좋아하시는지
몰라서
고기만두, 야채만두
반반 섞었고요.

옆에 탕초리척도
팔고 있어서
술안주로
사 왔습니다.

왜들
이래요?

훌륭하다.

앞으로 **사신장**은
**백인, 청진,
백유, 홍신**으로
확정하겠다.

갑자기요?

그래.

냠-

너 국수는
못 하냐?

홍신.

예?

해드려요?

응.

이거 먹고
만들어올게요.

그래주면
고맙지.

알겠어요.

내 것도
부탁 좀….

그래.

?

왜 날 보지?

난 포론데…
국수를 해달라고
부탁하라고?

이게 말여ㅋ

……

저, 저는
괜찮습니다.

지랄하고
있네.

홍 사매,
다 같이
먹을 수 있게
만들어줘.

네~

역시 사내들만
득실득실한
강호는

지옥이나 다를 바가
없다는 것이
새삼 느껴지는구나.

?

어이구,
ㅈ랄을 한다.

만두가
너무 맛있어서
처우는 건가
봅니다.

겁 없이
설쳐댈 때는 언제고
국수 하나에 찌질…

아….

그래도
검술 가르쳐줄
인간이잖아.

음….

양심상
그만 갈궈야지.

그 이유가
아닙니다만…

어쨌든
잘 가르쳐
보겠습니다.

성태야.

128

예.

너 좋은 시절 다 갔네? 어떡하냐.

……

파하하하!

뭐가 그렇게 재밌어서 웃어요?

차성태 이 ㅅㄲ 앞으로 힘들 거 생각하니까 웃겨서.

아…
웃길 만하네요.

그렇지?

문주,
얼굴 보기
힘들군.

어찌 이렇게
갑자기
오셨습니까.

완성이
됐네.

정말입니까?

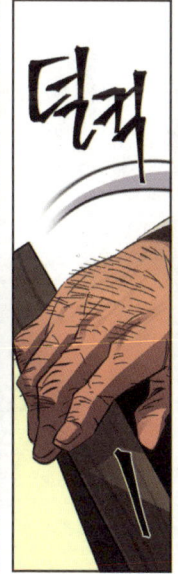

덕꺽

이건…!

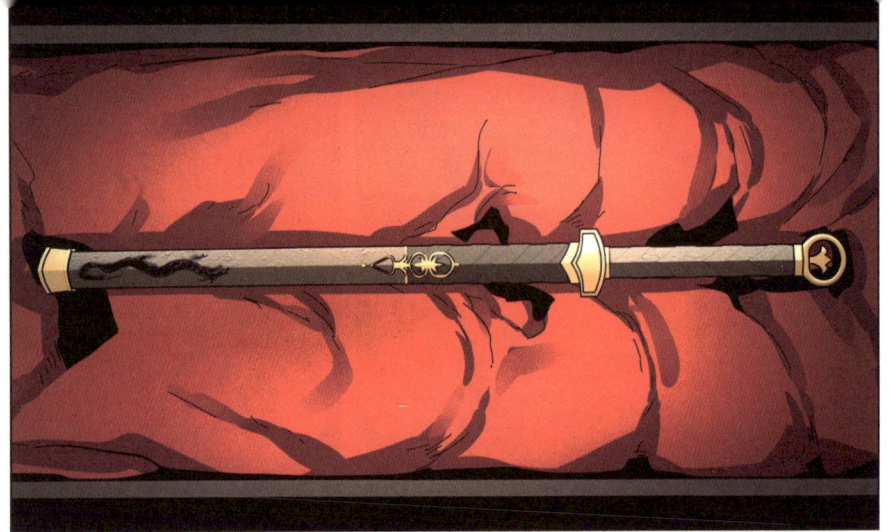

예상했던
것보다
길이가 짧은데.

원하는 철을
모두 구하진
못했나.

뭐 하고 있나?
뽑아 보게.

하지만
정말 오랜만에
받는 선물이군.

칼의
완성도가 아니라
금철용의 마음이
중요하지.

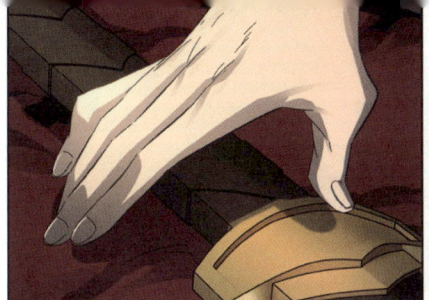

마음에
드는가?

마음에
듭니다.

벨 거
없나?

살려주십시오.

?

내가 널 왜 죽여.

시험할 게 이것밖에 없네.

뭐야 저게 ...
그냥 대단한 척 했는고

......

아니,
그건!!

전설의
보도였군!

도대체
그 대단한 걸
어디서 얻었나?!

나는
좀 잔다.

예.

어디
가십니까?

자려고.

바깥에서요?
왜요?

내 마음이야.

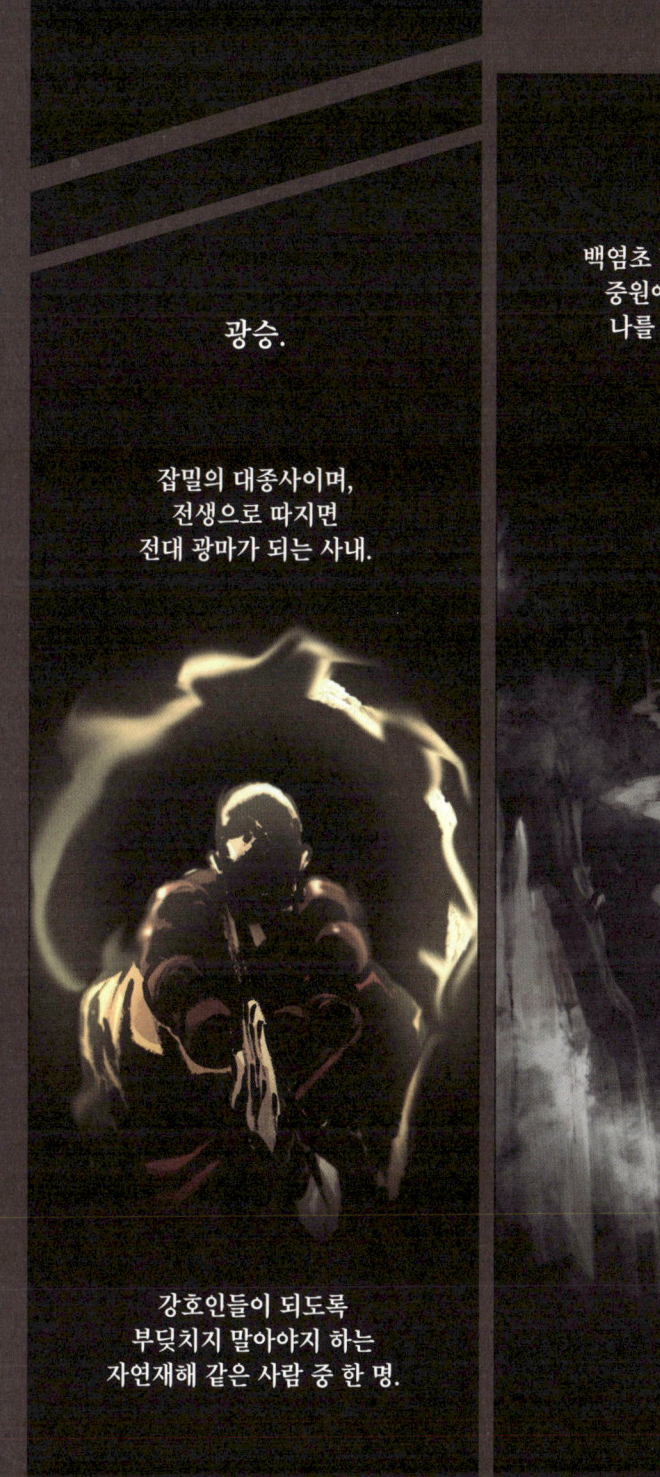

광승.

잡밀의 대종사이며,
전생으로 따지면
전대 광마가 되는 사내.

광승은
백염초 맛 좀 보라면서,
중원에서 서장까지
나를 끌고 갔었다.

강호인들이 되도록
부딪치지 말아야지 하는
자연재해 같은 사람 중 한 명.

그 여정에서 마주친
흑도나 사마외도는
전부 광승에게 죽었다.

나는 끌려다니는 와중에
그를 사부라 부른 적이 없으나,

어느 날,
깨달음을 얻은 채로 다시
서장에 돌아가지 않았더라면
아마 중원 고수 중에서 절반은
이 사내에게 죽었을 터였다.

그는 내내 나를 제자라 불렀다.

나중에
광마가 되고 나서
돌이켜보니
어쨌든 그는…

나의
사부였다.

제자야,
이것을 네게
넘기마.

왜요.

이제 내게
필요 없는
물건이다.

제가
스님도 아니고
이걸 어떻게
씁니까?

그리고
주려면 다 주시지
그건 왜
떼서 줘요?

너는 살기가
너무 짙은 놈이라서
날붙이는 압수다.

이것은
몸통 자체도
훌륭한 병장기야.

**부러지지 않은
신념**과도 같은
무기라고 해야겠지.

143

정말
안 부러집니까?

신념이 부러지면
너도 죽은 목숨이니
걱정할 필요 없다.

그게
뭔 말이에요?

말 그대로다.

어디
가십니까?

돌아가야지.

돌아갈 곳이 있기에 여행인 것이다.

많이 채워 넣었으니 이제 다시 비워내러 갈 시간이야.

저처럼 돌아갈 곳이 없으면 어쩝니까?

갑자기 가신다고요?

네가 왜 돌아갈 곳이 없어?

......

이**켜**

염계의 경지를
완벽하게
정복하고

투계(鬪鷄)의
경지에 올랐다.

하!

하!

방주님?

저벅

저벅

어?

방주님이다….

난
신경 쓰지 말고
계속해.

아, 예….

뭐 해?
원래 하던 대로 해.

…예.

또 뭘 하시려고…

문주님,
오늘로 백팔 일이
되었습니다.

벌써?

강해진 것 같아?

백팔 일 전과는 비교할 수 없을 정도로 강해졌습니다.

성태, 강해진 거 맞아?

문주님, 어쨌든 검객이 되었습니다.

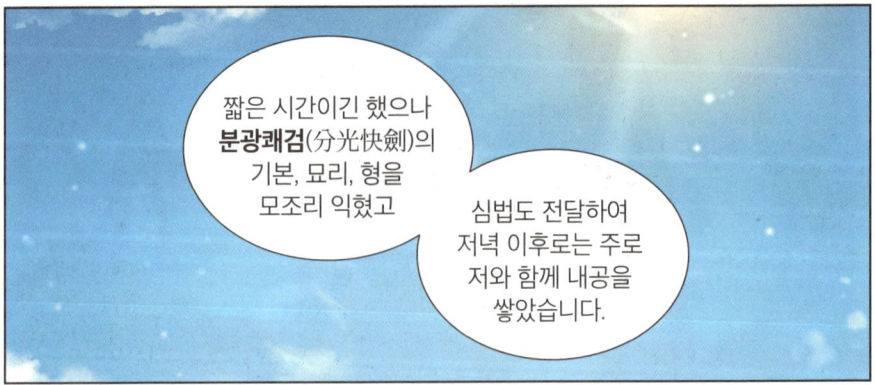

짧은 시간이긴 했으나 분광쾌검(分光快劍)의 기본, 묘리, 형을 모조리 익혔고

심법도 전달하여 저녁 이후로는 주로 저와 함께 내공을 쌓았습니다.

비록 내공을 쌓을 수 있는 기간이 충분하진 않았지만 단전이 형성되었고,

그곳에서 내공을 끌어다 쓰는 법도 익히게 되었습니다.

열심히 했네. 가르쳐보니 어때?

문주님이 허락해 주시면 계속 가르치고 싶습니다.

정말이야?

예.

그러고 보니 호연청도 변했는데.

차성태를 가르치면서 본인도 어떤 깨달음을 얻었나?

성태, 너는?

저도 계속 배우고 싶습니다.

......

우리 셋이 함께 맹약을 지켰으니

앞으로 일은 너희 좋을 대로 해라.

감사합니다.

예.

성태야, 강호에 들어온 기분이 어때?

나쁘지 않네요.

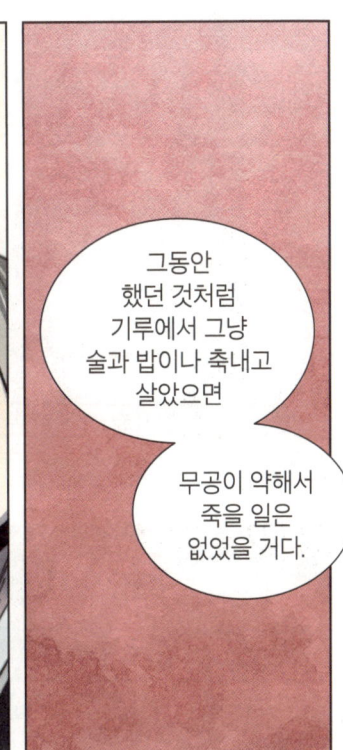

그동안 했던 것처럼 기루에서 그냥 술과 밥이나 축내고 살았으면

무공이 약해서 죽을 일은 없었을 거다.

그런데 지금은 네가 익힌 무공 때문에

살아남는 게 더 어려워졌다.

심장에 검이 박히는
순간이 아니라면
대부분 자신의 삶을
후회하지 않는다.

강해진다는 것은
미치도록
강력한 매력을
가지고 있으니까.

호연청,
너도 수고했다.

예.

어디
가십니까?

나
비무도박 좀
하고 올게.

가다가
이화 지역도
좀 살펴보고.

비무도박이
뭡니까.

돈 걸고
싸우는 거지
뭐겠어.

그걸 문주님이 갑자기 왜….

그건 나도 모르지.

저 안 난 사람은 아는게 이상하지

그러고보니 전생의 내 얼굴이 힘상궂게 변한 이유가 비무도박장 때문인데.

사람은 많이 맞다 보면 얼굴이 변하는데 나는 많이 맞았으니까.

나는 그곳에서
많은 것을 배웠다.

가장 먼저
패배에서도
배울 게 많다는 것을
깨달았다.

맞다가
반격하는 법도
알게 되었고,

상대의 강함을
외모나 분위기, 눈빛으로
파악하는 것도
저절로 알게 되었다.

인생의
막장에 다다른
인간이

비무도박을
자주 찾았던
이유는…

패배해도 돈이
어느 정도 벌리기
때문이었다.

개 같은 곳,
여전하구만.

흠…．

뭐 드릴까요?

두강주 한 병 가져와.

역시 분위기가 더럽구만.

이놈들도 비무도박에 참여하는 싸움꾼이니….

술 나왔습니다.

......

푸하~

처음 보는 놈인데 이 형님에게 술 한잔 사라.

형님이 이곳에 대해서 잘 설명해 줄게.

하하하!

하하하!

술병.

어?

이건
다 마셨는데….

컥!

깡!

깡!

깡!

......

으....

여기
두강주 더 줘.

예.

꺼져.

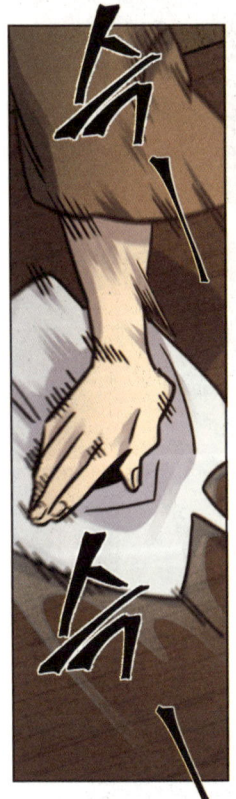

저기, 손님.
괜찮으시겠어요?

뭐가?

방금 그놈은
유곽의 창관주※거든요.
아마 동료들을
데리고 올 거예요.

※창관주(娼館主):창기를 두고 영업하는 집의 주인.

보통 몇 명
끌고 오는데?

십여 명은
끌고 옵니다.

그래?

예.

돈 좀
될까?

여기 와보셨어요?
저는 처음 보는데.

예전에
와봤다.

어?

알겠습니다.

땡
땡
땡!

객잔비무
참여하실 분
계십니까?

여기 계시는
낯선 손님과

방금
처맞고 돌아간
흑경 창관주가
맞붙습니다.

흑경 창관주 수하가 그래도 열 명은 되겠죠?

참가비 없는 승패 맞히기로만 가겠습니다.

왼쪽이 젊은 손님,

오른쪽이 흑경.

저희 가게에서 특별히 승자 편에 오백 냥을 추가해서 돌려드리겠습니다.

자, 갑니다!

어이, 젊은 손님. 어디 출신이우?

돈 내고 질문해, 개ㅅ끼들아.

······.

그래도
이러고 있으니
옛 생각이 나네.

바깥으로
나와.

기다려.

이거 좀
마시고 나가게.

마시고
빨리 일어나.

가자.

와아!!

화끈하다!

맨손이야?

깡

카앙

응, 맨손이야.

꾸덕

피식

일보야,
돈 나눠줘라.

여기요.

용돈
벌었네.

술이나 한잔
더 하자고.

쓰러진 놈들에게 주고.

예.

너도 수고했고.

감사합니다.

나머지는 담아줘라.

예!

그 정도 실력이시면 투전(鬪戰)을 하셔도 되겠는데요.

지금 투전 현상금이 가장 큰 놈이 누구지?

무패 동방연 (東方燃)입니다.

근데 덤비려면 최소 일만 냥은 들고 가야 상대를 해줍니다.

피식

그렇구만.

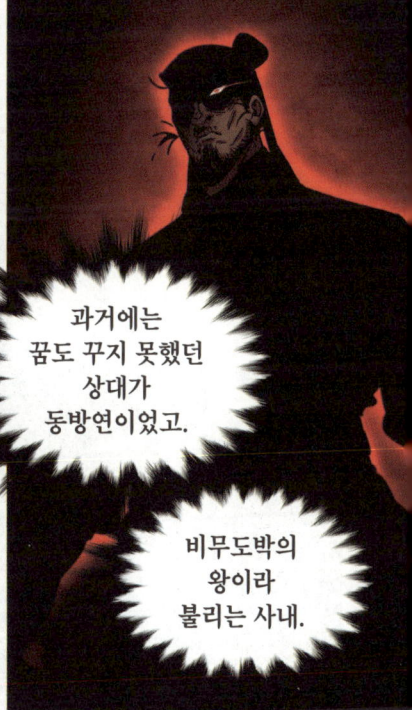

과거에는 꿈도 꾸지 못했던 상대가 동방연이었고.

비무도박의 왕이라 불리는 사내.

짝깡
ㅇ

일만 냥은
되지 않는데.

일만 냥을 채워서
비무도박의 왕을 만나고,
과거를 깔끔하게
청산해야지.

병기도박장.

병장기를 부딪쳐서
부러뜨리면
승리하는 도박.

도전하려고?

구종악

어.

나는
대전료가 좀 비싸,
얼마를 가지고 왔어?
내려놔 봐.

너무
무리하는 거
아니야?

쫄리면
물러나시고.

병기도박의 왕이
이 정도에
겁을 먹은 거야?

하…
어디서 온 놈인지
모르겠네.

백도나 세가는
아닌 것 같은데.

이놈
아는 녀석 있으면
말해봐라.

말해주는 놈에게
금자 하나 주지.

모릅니다.

딱!

네 병장기부터
내려놔 봐.

거,
처음 온 건 맞지만
정보 조사도
안 했을까.

어디서
되지도 않는
사기를 치려고
그래.

늙은이,
말을 곱게 해주니까
내가 ㅂ신처럼 보여?

병장기의 싸움인 것 같지만 실은 내공 싸움도 함께다.

구종악이 병기도박의 왕으로 계속 머물러 있었던 것은,

그가 지닌 검이 단단하고 예리한 것도 있으나

실은 내공이 탄탄했기 때문이다.

그런데 내가 내공을 무기에 담을 수 없게 내려놓으라고?

젊은이,
병장기를 붙잡고 겨루면
내상을 입기 마련이네.
자네를 보호해주려고
한 것이지.

병장기나 돈보다는
자네 목숨이
더 중요하지 않겠나?

늙은이,
잡설 집어치우고
승부를 내자고.

현천검
(玄天劍)으로
상대해주지.

선공은
양보하마.

검이 날아가면 무고한 자들이 다칠 수도 있으니 꼭 붙잡아.

준비됐나?

준비됐으니까 그만 떠들고.

썩을 놈이 계속 반말은….

교묘하게 칼 옆면을 쳐서 부러트리려고 해?

음….

이제
자네 공격이군.

노인장,

상대를 다치게 하면
여기 있는 자들에게
칼침을 맞는 게
규칙이지?

규칙을
알고 있군.

빌어먹을
늙은이 ㅅ끼가
감히 내게
기습을 해?

살려…

……．

뭣들
하고 있냐.

개ㅅ끼들아,
상대를 다치게 하면
칼침 한방 놓는 것이
이곳의 규칙이잖아.

누가 먼저
기습했어?

눈이 있으면
다들 봤을 텐데
왜 가만히 있냐고.

……

하여간
ㅂ신 ㅅ끼들….

15장

웹툰 66~70화 수록

투전 경기장

인간과 인간이
싸우는 곳.

투전.

원초적인 무력을
다투는 곳이기에
독(毒)은 금지.

우와아!

방금 놀라운
이야기를 들었다.

동방연에게
도전하겠다는 사람이
나타났다는데?

투전의 진행자
평군사(平軍師)

203

도전자가
자네라는데
맞나?

그래.

내가
도전자다.

또 세상 물정 모르는
뜨내기가
돈 날리겠다고
찾아왔군.

짝

저 어리석음에
박수나
보내주자고.

혹시
모르지.

저 친구가 엄청난
고수라서 오늘
동방연의 무패 신화가
깨질 수도 있지.

평군사, 재미없는
말 그만 떠들고 어서
진행이나 해라!

동방연을
불러내리려면
자네도 실력을
보여줘야지.

너무 세게 부르면
자네에게 도전할
놈도 없을 테니….

가볍게 몸을
푼다고 생각하고
일천 냥 비무
어떤가?

승패에 따라
일대일 교환
비무.

주선해.

요새 젊은이 ㅅ끼들은 왜 이렇게 말이 짧은지 몰라.

세상 참….

짯ㅡ

자, 다들 들었지?

동방연에게 도전하겠다는 사내에게 도전할 사람?

돈은 일천 냥이다. 맨손이든 병장기든 상관하지 않는다. 없어?

꽈ㅅ
꽈ㅅㅡ

저

누가 삼대일을
하겠다고 했어?

너희끼리
눈싸움한 다음에
두 놈은 꺼져.

다들 알겠지만,
저 뜨내기가 모를 수
있으니 소개한다.

일천 냥 비무에
자주 나서는
방객(防客)이다.

……

오랜만이군.
한때 저 녀석에게
처맞아서
돈도 뺏겨 봤는데….

강호에 방패가
웬 말이냐?

그러나
방객이 싸우는 모습을
보면 그 말이
쏙 들어가지.

다들 알겠지만,
한때 동방연에게 패해
복수를 위해서 묵묵하게
수련 중인 사내!

쓰
악

저벅

촌뜨기,
나와라.

여유가 아주
대단한데.

저벅

두 사람
준비하시고,
객석도
마무리해라.

열을 세겠다.

......

자, 이제부터 비무도박을 시작한다!

시작!

도저히 강호의
숨은 고수로 볼 수
없을 정도로

격이 떨어지는
발길질을 보여주는 것이
이번 대전의
핵심이지.

꾸떡!

꾸떡!

꾸떡!

이 ㅅ끼…

진짜
거북이가 됐네.

졌소!

돈 내놔.

…….

깡
깍

일천 냥
내놓으라고.

뭐 하는
짓이야?

실력을 제대로
보여줘야 흥행이
될 거 아니야?

생각이
있는 거야,
없는 거야?!
어?

야이,
개ㅅ끼야.

ㅂ신 같은 소리
그만하고 뺨따귀
양쪽으로 처맞기 싫으면
결과나 발표해.

…….

콱!

파

뜨내기
승리!

와아!

와아

꼴을 보아하니 도박에 빠지겠구만.

점소이가 얼마나 유망 직종인데, 저 ㅂ신 같은 놈.

저 녀석… 아까 점소이잖아.

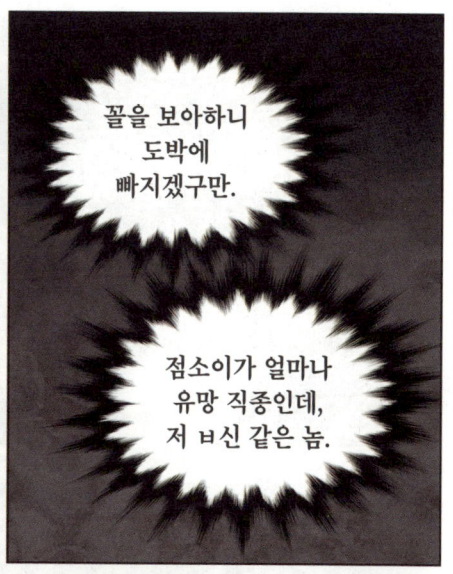

이봐, 당장 동방연과 붙고 싶어서 안달이 나겠지만

오늘은 도박사들 더 불러서 흥행에 불을 지펴야 해.

오늘은 거하게 접대를 해줄 테니 편히 쉬라고.

오늘 정리해서 내일 싸움 붙여줄 테니까, **알았어?**

219

그러자고.

그리고 거 새파랗게 젊은 놈이, 그 말투 좀 어떻게 고치면 안 될까?

내 말투 고치고 싶으면 이천 냥.

특별히 네가 나보다 나이가 많은 거 같아서 좀 깎아줬다.

도전자를 봉황 귀빈실로 안내해라.

예.

이봐,

왜?

평군사가 미인계나 간계라도 쓰나?

평군사는 조심해야 할 사람이야.

왜 그렇게 까칠해?

너… 여기 와봤나?

여기서 나 본 적 있어?

없는데.

?

개평이다.

속 쓰릴 텐데,
국밥이나 처먹어.

실력도 없는데
방패 들고
ㅈ랄하지 말고.

방객이
예전에 나한테
한 말인데.

그때는 아마
"실력도 없는데
낫 들고 ㅈ랄하지
말고." 였던가.

⋯⋯.

봉황 귀빈실

이쪽으로….

말로만 들었던 미인계가 있을 것인가….

두구두구 두구두구….

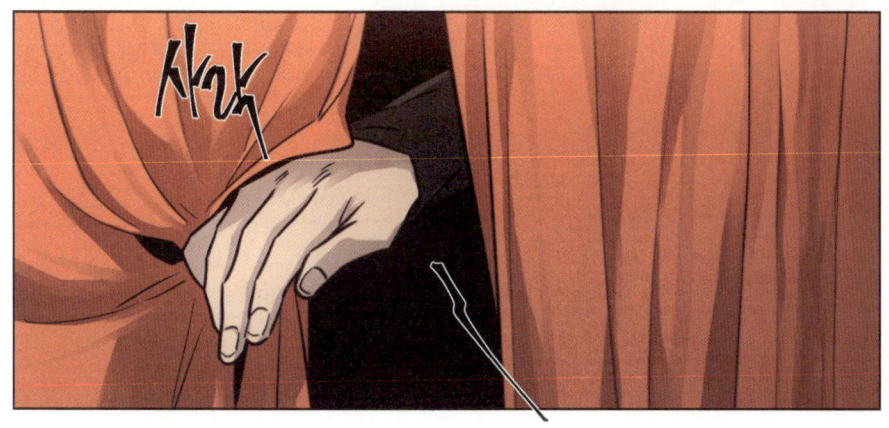

어서 오십시오.

공자님,
제가 시중을
들겠습니다.

백소아(白昭峨)
라고 합니다.

필요하신 게
있으면
말씀하세요.

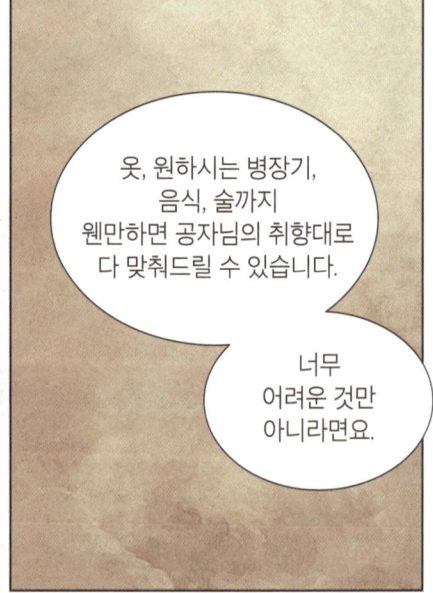

옷, 원하시는 병장기,
음식, 술까지
웬만하면 공자님의 취향대로
다 맞춰드릴 수 있습니다.

너무
어려운 것만
아니라면요.

음식에 독은 없어?

없습니다.

왜 없어.

동방연이 계속
이겨야 너희가
돈을 더 벌잖아.

무패의 무인이
계속 이기는 것이
흥행에 무슨 도움이
되겠습니까.

아니야,

무패의 무인이 있기에
도박사들이 더 많이
모여드는 거다.

지인에게 부탁해서 동방연에게 도전도 하고.

도박사가 키운 무인도 데려오고, 외부의 고수를 초청해서 오기도 하고,

이런저런 어중이떠중이들이 모여서 돈을 갖다 바치는 거지.

그렇군요.

식사가 불편하시면 술이라도 가져올까요?

나는 두강주만 마신다.

준비하겠습니다.

공짜야?

물론입니다.

독은 없고?

…예.

가져와봐.

금방 다녀오겠습니다.

여인은 어떻게 하시겠습니까?

여인? 무슨 여인?

술 시중을 들어드립니다.

하지만 무조건 공자님과 자는 아이들은 아니에요.

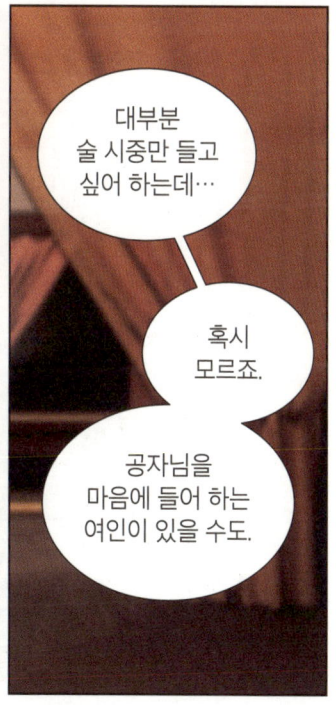

대부분 술 시중만 들고 싶어 하는데…

혹시 모르죠.

공자님을 마음에 들어 하는 여인이 있을 수도.

제가 봐서
예쁜 아이로
데려올까요?

그런 건
됐고.

술 잘 마시는
사람으로
데려와.

......

왜?

...알겠습니다.

준비했습니다.

술 잘
마시냐?

예?

흑소령(黑笑玲)
이라고 해요.

술
잘 마시냐고.

예······.

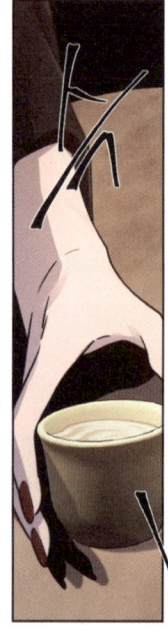

다른 녀석들은
근처에 없군.

전생에도 이곳에서
가장 아름다운
여인들이라고 소문이
났었던 두 사람.

뭐 하신
거예요?

......

직접보는 건
처음이군.

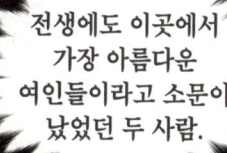

소요안으로 봤을 때
두 사람은 같은
무공을 익힌 상태고
실력도 제법 뛰어나.

하지만 실망인데.
솔직히 뭔가 좀 대단한
미인계가 있나 싶어서
기대했는데….

아, 미인계는
시작하지
않은 건가?

너도 한잔
받아라.

감사합니다.

233

달깍

이게 뭐야?
가루약이네.

뭐 하는
가루일까.

먹으면
죽으려나,
안 죽으려나.

어쩌려나.

궁금하네.

궁금해서
환장하겠네.

234

에이…
모르겠다.

흑 소저,
한잔할까?

……

옳지~
잘 삼키네.

죽는 독이면
네가 죽고,

죽는 독이
아니면…

뭐,
다행이고.

이야.

죽을 독은
아닌가 보구나,
착한 아이였네.

이런….

아혈을 짚은 게
다행이군.

울면
시끄러웠을
텐데….

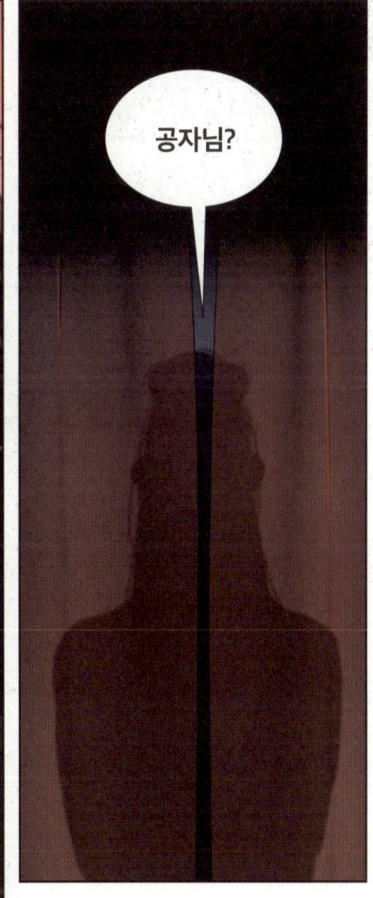

공자님?

탓

…공자님?
더 필요하신
거라도…?

탓
탓
!

······

얘도 우네?

대체 뭔 약인데 울어대?

하아….

어어?

아, 춘약(春藥)이구나.

난 또 뭐라고, 춘약을 먹는다고 죽진 않잖아.

뭐, 죽어도 내 알 바 아니고.

나는 술 한잔 하고 오마.

두 사람은 정신을 바짝 차리도록.

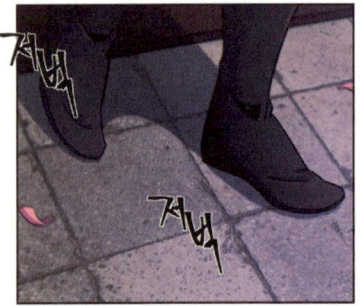

저벅

저벅

이 몸에겐 미인계 따윈 통하지 않지.

공자님 덕분에 돈을 땄으니

특별히 한 병 공짜로 드리겠습니다.

턱

독 없냐?

없어요.

제가 거기에
독을 타면
저를 도박사들이
놔두겠어요?

맞아 죽어요.

독은 아무나
탈 수 있으니까
확인하는 거지.

아…
듣고보니
그러네요.

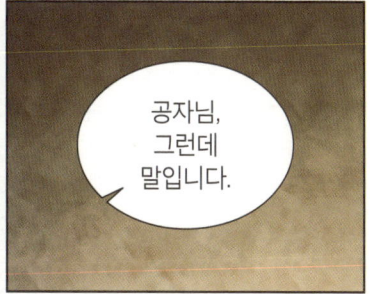

공자님,
그런데
말입니다.

내일 공자님 투전에 제 전재산을 걸려고 하는데

어떻게 생각하세요?

누가 이길 거 같은데.

공자님이요.

왜?

그러니까요, 그게 문제예요.

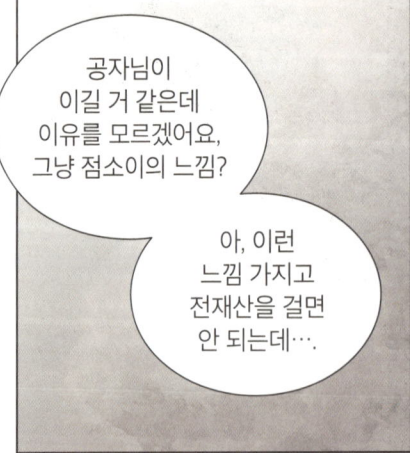

공자님이 이길 거 같은데 이유를 모르겠어요, 그냥 점소이의 느낌?

아, 이런 느낌 가지고 전재산을 걸면 안 되는데….

내가 하란 대로 할 거야?

쪼르륵~

예.

정말?

그럼요.

도박이나 끊어.

이번에 이기면 인생이 달라지는데요?

그런 돈으로 인생이 달라지겠냐.

저더러 평생 점소이나 하란 말씀이시죠?

말은 바로 해야지.

네가 다른 일을 할 용기가 없는 거 아니야?

245

…다른 일을 하려면 돈이 필요해요.

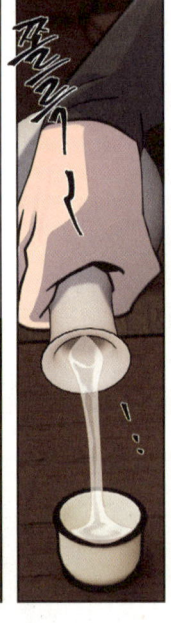

그렇지 않다.

네가 뭘 좋아하는지, 뭘 원하는지,

뭘 하고 싶은지 찾지 않아서 그래.

그건 그렇긴 한데… 공자님은 아세요?

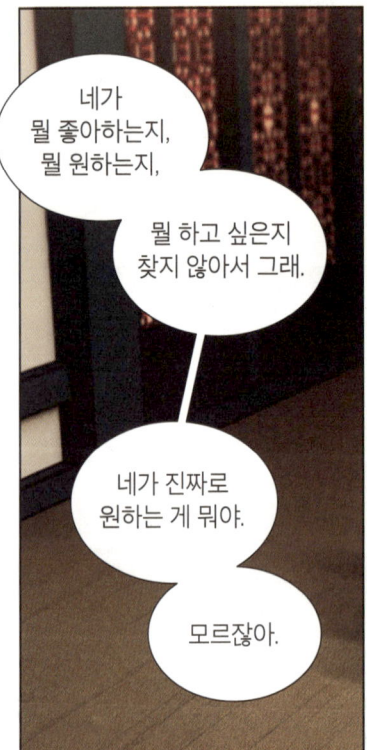

네가 진짜로 원하는 게 뭐야.

모르잖아.

남의 사연 묻지 말고, 너한테 물어봐.

......

어서 오세요.

미친, 점소이 ㅅ끼가
일은 안 하고
술이나 처먹고 있네.

죄송합니다, 오늘
좋은 일이 있어서
한 잔 마셨습니다.

들어가세요.

아…
인생 엿 같네.

네가
욕했냐?

예?

네가
욕했지?

나다,
이 ㅅ끼야.

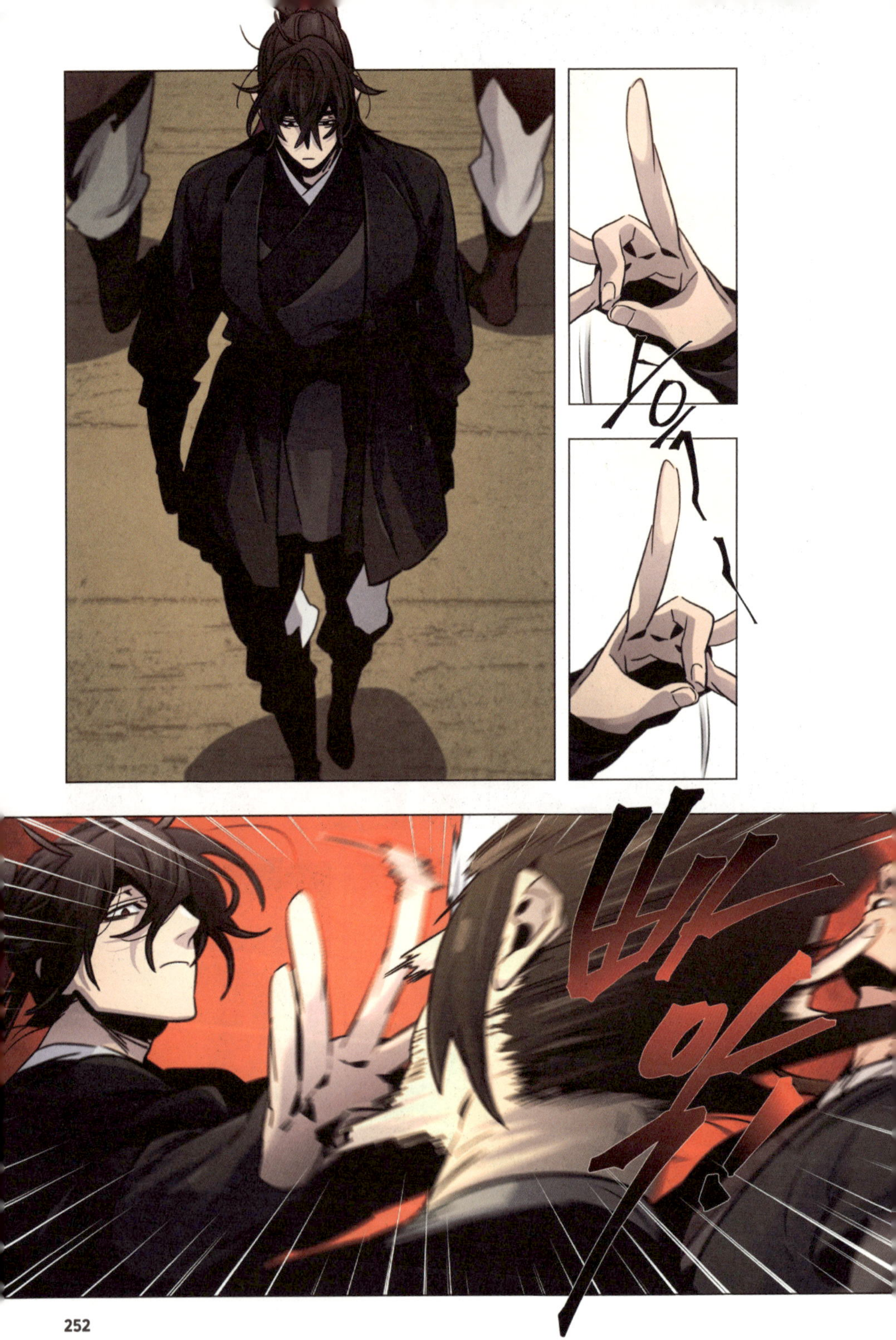
빠악!

공자님,
그 딱밤 배우려면
힘들죠?

많이
힘들지.

휴우…
세상에 쉬운
일이 없네요.

딱밤도
못 배우고.

근데 공자님, 우리 전에 만난 적이 있어요?

없지.

그렇죠? 이상하게 친근하네.

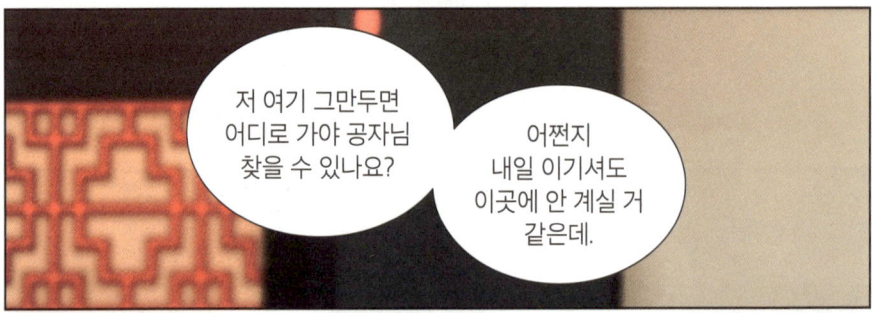

저 여기 그만두면 어디로 가야 공자님 찾을 수 있나요?

어쩐지 내일 이기셔도 이곳에 안 계실 거 같은데.

네가 너무 약해서 알려줄 수 없다.

그건 제가 무공을 배우지 않아서 그래요.

나는 무공을 익히지 않은 시절에도 단 한 번도 내가 약한 사내라고 생각해본 적이 없다.

그래요? 어떻게 그렇게 생각하셨지.

잘 마셨다.

공자님, 저 좀 살려주세요.

제가 뭐 강호인이 되겠다는 게 아니라

공자님 시종이라도 하는 인생이 더 나을 것 같아서 솔직히 말씀드리는 겁니다.

그럼 임무 하나 주지.

흑묘방에 찾아가서 내일 신시(申時)까지 정예 고수들을 이곳으로 모이라고 전해.

특히 돈을 쓸어 담을 보자기, 상자, 마차, 수레는 있는 대로 전부 끌고 오라고 해라.

할 수 있겠어?

알겠습니다.

봉황 귀빈실

곧 혈도가
풀릴 거야.

…….

고함을 지른다거나
묻는 말 이외의 말을 하면
내가 이 비수를
뽑을 거다.

혈도가 풀리고 나서
너희가 나보다
손이 빠르면
너희도 뽑도록 해.

생사결로
받아들이고
죽여주마.

아직
말이 안 나오면
눈을 깜빡여라.

전 아혈만
풀렸어요.

자, 질문.

평군사가
시켰어?

그게….

정신 못 차렸나?
알았어,
그럴 수도 있지.

아직 누굴 더
두려워해야 하는지
판단이 안 설 테니까.
충분히 그럴 수 있다.

257

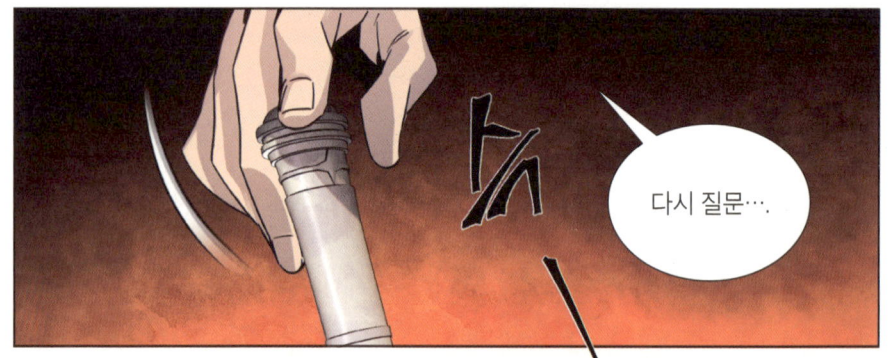

다시 질문….

평군사가
시켰어?

예.

너 좀
아슬아슬했다.
넌 착각하면
안 돼.

넌 죽여도
아직 백소아가
살아 있잖아.

네가 죽으면
백소아는
겁을 먹겠지?

그렇다면 너보다 많은 것을 내게 알려줄 수밖에 없지 않겠어?

정신을 좀 차리자, 어?

알겠습니다.

좋았어.

이제부터 묻는 말에 박자를 맞춰서 대답해보자.

저, 저도 아혈이 풀렸습니다.

내 질문에 동시에 대답하는 거야.

머뭇거리는 사람부터 비수에 찔려 승천하는 것으로 하자고.

좋지?

……

자…
누가 먼저 죽을지
나도 궁금하군.

첫 번째 질문.

도박왕
(賭博王).

평군사의
윗사람은 누구냐.

하나, 둘, 셋.

정답. 목숨이
연장되셨군요.

도박왕이
동방연보다
높으면 위,
낮으면 아래.

무슨 말인지
알겠지?

두 번째
질문.

위아래, 위위아래.

하나, 둘, 셋.

위!

오…!

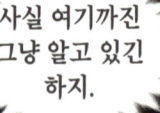

사실 여기까진 그냥 알고 있긴 하지.

문제는 나도 모르는 다음 질문인데….

세 번째 질문은 셋을 천천히 세겠다. 잘 대답해.

도박왕이 누구야.

하나,

둘,

셋.

구양복 아저씨!

구양복 아저씨?

나락객잔 주인장?

예!

흠….

내가 알고 있기론 적을 만들지 않는 사내로 알려져 있는데.

인심이 좋아서 공짜 술도 많이 풀고, 외상도 독촉하지 않는 사내이기도 하고.

본인도 도박을 좋아해서 여기저기 돌아다니면서 돈을 잃었었다.

이거 놀랍군, 그렇다면….

자하객잔과 나락객잔의 대결인가!

수고했다.

⋯⋯.

나락객잔

뭘 드릴까요?

백주(白酒) 아무거나.

아무거나, 는 없어요.

재미없으니까 아무거나 가져와, ㅅ끼야.

…예.

처음 보는 도박사로군.

도박왕(賭博王)
구양복

소령이와
소아는 내가
사과하겠네.

평군사가
장난을 치다가
들켰나 보군.

……

내가 다
알고 왔다는 것을
눈치챈 건가?

그래도 이렇게
빨리 정체를
밝힌 건 의외군.

흥

젊은이, 설마
내 사업을 전부
망치겠다고 온 것은
아닐 테고.

도전 비용 일만 냥에 도박사들의 배당금까지 쳐서 총 오만 냥.

내 성의니까 이것만 받고 그냥 돌아가 주게.

비무를 하지도 않고 돈만 받아가는 흑도의 고수가 종종 있긴 했으나 오만 냥이나 줘서 돌려보낸 적은 없네.

오만 냥?

오만 냥.

동방연과 겨룬 사람, 대부분 죽지 않았나?

가끔 이긴 놈들도 며칠 이내로 죽든가 실종된 것으로 아는데.

자네… 혼자 와서 왜 이러는지 모르겠군.

아직 내 생각엔
변함이 없네.

오만 냥.

자네 생각을
들어보고 싶군.

오만 냥?!
왜 이놈에게….

조용히 해라,
아직 내 손님이다.

너희가 하는 것은
비무도박이 아니라
사기도박이지.

사업이 다
그렇지 않나,
작은 사업과
큰 사업의 차이지.

이문을
많이 남기는 것은
대부분
사기도박이네.

너희 수법에 비하면
산채나 수로채 놈들은
오히려 순수한
놈들이야.

…내 사업이 네게
피해를 주었다면
협상금을 올려주지.

도박의 가장 큰 문제점은 재미있다는 점이야. 끊는 게 어렵지.

잘 알고 있군.

전재산을 갖다 바치고, 손과 발이라도 잘라야 멈추게 될까.

비무도박까지는 정당한 면이 있는데 사기도박은 다르지.

너희는 인근 흑도의 고수나 세력에게 찾아오지 말라고

돈이 많으니까 뿌리는 돈도 많겠지.

정기적으로 돈을 주고 있잖아.

어느 날 남의 집 가장이 이곳에 와서 가산을 탕진했다가 죽어도 여기는 그런 일이 너무 당연해.

대놓고 산적질을 하는 것은 또 아니라서,

주변 흑도는 너희에게 돈을 받아서 세력을 확장하고.

백도가 너희를 부수기도 어렵고….

너흰 여러모로 대단한 놈들이야.

…협상할 마음이 없나?

있지.

도박으로 시작한 일 도박으로 끝내야지.

사기도박 한판 하자.

사기도박? 어떤 걸 말하는 건가?

경기장에서 너희 전부…

나랑 붙자.

뭐?

너희가 이기면
내가 죽고,

내가 이기면
내가 이곳의
모든 것을 갖겠다.

좋지?

······.

왜?

너한테
너무 유리한
조건이라서
어리둥절해?

아니면 한 방에
모든 것을 잃을까 봐
좀 두려운 건가?

거절하면
어떻게 되나?

거절하면
네게 더 불리한
패가 뜨겠지.

어째서.

내일
내 수하들이 단체로
도착한다.

오늘 밤이
너희에게 가장
유리한 패야.

......

미친놈 같은데
그렇게 하시죠.

이봐 구양복이.
갑자기 궁금한 게
있는데 말이야.

…뭐지?

정체도 숨기고,
도전자들에게
술도 먹이고,

미인계도 쓰고,
춘약도 쓰고,

어떻게든
약해지게 만들어서
동방연과 붙이고,

지면 습격하고,
죽인 놈 파묻고,

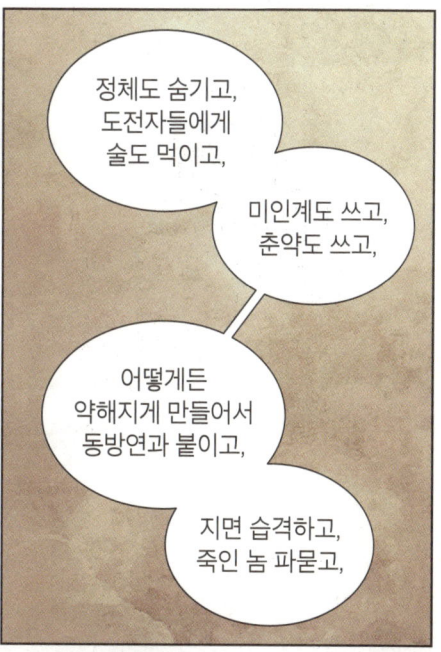

번 돈으로
도박사들 술 사주고,
좋은 사람 행세하고,

강력한
흑도 세력에겐
정기적으로
뇌물도 바치고.

이렇게
추잡하게 살아서
얻은 별호가…

기껏
도박왕이야?

……

이해 안 가는
부분이 있는데
말이야.

자네가 그렇게
자신이 있다면 왜
이 자리에서 우리 둘을
당장 죽이지 않나?

그게 더
유리한 일인데.

그게 더
유리한 일이다?

어디서
평가질이야…

같은
객잔 출신이라고
수준이
같아 보여?

같은
객잔 출신?

됐고,

남의 인생
평생 등쳐먹고
살았으면

한 번 정도는
제대로 된 도박을
해보는 게 어때.

**도박왕
나으리.**

ㅂ신 같은
잔머리 좀
그만 굴리고.

객잔
출신이라고?
정체가 뭐냐.

나는
자하객잔
주인장이다.

자하객잔?

거긴 뭐야?

그렇게 하지,
수하들 모아서
경기장으로
가세.

아무리 생각해도
그것이 가장
내게 유리하군.

자네만 후회하지
않는다면 말이야.

후회 없이 사는 게
또 강호인의
미덕이지.

가자고,
벌레 새끼들.

별 희한하게
죽으려는 놈이
다 있구나.

이야, 말투에
좀 위엄이 있다?
비무도박의 왕이라
그런가.

엄격, 근엄, 진지
뭐 이런 건가.
멋지다, 야.

이놈이…!

경기장 가서 풀어라.

살려달라고 발버둥 치게 해주지.

무슨 일입니까?

경기장으로 전부 모이라고 해라.

전부요?

그래,
지금 당장…

후회해도
늦었다.

비켜
ㅅ끼들아.

아저씨,
빙당(氷糖)
하나만.

아… 예.

잔돈은
됐어.

아, 예.

이야, 이게
얼마 만에
빙당이냐.

저 ㅂ신 ㅅ끼가···!

이게 무슨 일이야?

내일 붙기로 했잖아.

닥쳐.

그래, 닥쳐. 평범한 군사 놈아.

······

나락회(奈落會)는
경기장에서
저 녀석을 죽여라.

너는 마지막에
나오려고?

에라이…
비무도박의
왕이라는 ㅅ끼가
그게 뭐냐.

까악

까악

하여간
개나 소나 별호에
왕을 갖다 붙이니까
이 모양이지.

……

평군사, 이게 대체 무슨 일이야? 설명을 해줘야지.

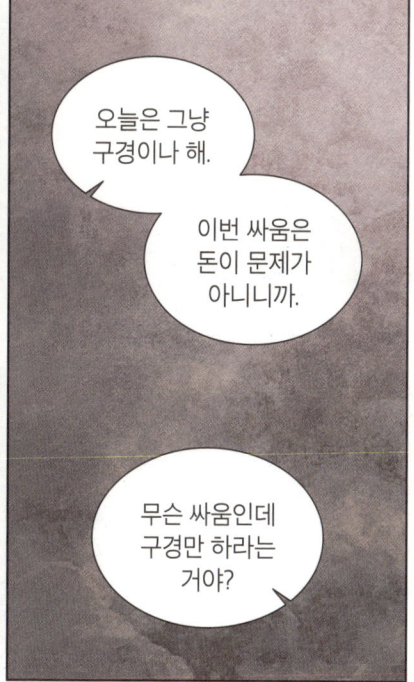

오늘은 그냥 구경이나 해.

이번 싸움은 돈이 문제가 아니니까.

무슨 싸움인데 구경만 하라는 거야?

다들
잘 들어라.

아는 놈은 알고
모르는 놈은
모를 테지만,

이곳의
최고 권력자는
도박왕이다.

닥쳐라!

야이 ㅅ끼야,
네가 닥치라면
내가 닥쳐야 되냐?

어?

그래야 되냐고
이 ㄱㅅ끼야.

…….

나락객잔
주인장이면…

구양복이?

정말?

도박왕은
나락객잔
주인장이다.

알지?
그 인간이
누군지?

구양복이
도박왕이었다고?

나는 지금부터 도박왕을 포함한 나락회 전체와 싸운다.

내가 죽으면 너희는 계속 도박왕에게 놀아나면 될 것이고,

내가 이기면 도박왕의 모든 것이 내 것이 된다.

저 새끼도 도박왕의 수하다.

실력으로만 싸웠으면 예전에 뒈졌어야 할 놈인데….

너희에겐
한 번만
살 기회를 주지.

무서운 놈들은
객석으로 올라가.

없어?

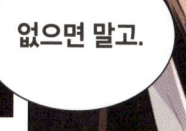

없으면 말고.

다음 권으로 이어집니다.

광마회귀 5

초판 1쇄 인쇄 2025년 4월 5일
초판 1쇄 발행 2025년 4월 10일

각색 JP **그림** 이히 **원작** 유진성
펴낸이 최순영

웹툰본부 본부장 김형준
편집 배재성
표지 디자인 이세호
본문 디자인 SONBOMCOMICS 김원경

펴낸곳 ㈜위즈덤하우스 **출판등록** 2000년 5월 23일 제13-1071호
주소 서울특별시 마포구 양화로 19 합정오피스빌딩 17층
전화 02) 2179-5600 **홈페이지** www.wisdomhouse.co.kr

ⓒ JP, 이히, 유진성, 2025

ISBN 979-11-7171-354-7 07810
      979-11-7171-349-3 (세트)